Eine entfernte Ähnlichkeit

E. Y. Meyer

Eine entfernte Ähnlichkeit

**Eine Robert-Walser-Erzählung
und zwei Essays über Robert Walser**

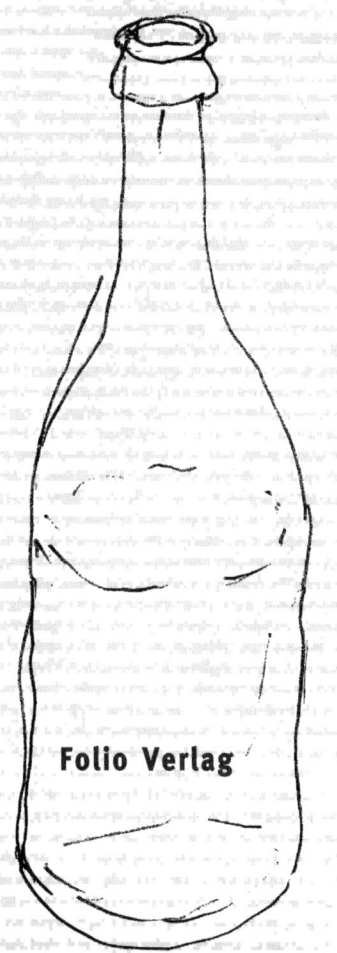

Folio Verlag

Die Handzeichnungen auf dem Umschlag und auf der Haupttitelseite stammen von Paul Thuile, das Foto auf dem Schutzumschlag stammt von Arnold Mario Dall'O.

© FOLIO Verlag Wien • Bozen 2006
Alle Rechte vorbehalten

Graphische Gestaltung: Dall'O & Freunde
Druckvorbereitung: Graphic Line, Bozen
Druck: Dipdruck, Bruneck

ISBN-10: 3-85256-341-0
ISBN-13: 978-3-85256-341-1

www.folioverlag.com

[INHALT]

Eine entfernte Ähnlichkeit   7

Zwei Robert-Walser-Essays 93

Sympathie für einen Versager 95
Ein großer Spaziergänger 107

Zeittafel zu Robert Walser 115

[EINE ENTFERNTE ÄHNLICHKEIT
EINE ROBERT-WALSER-ERZÄHLUNG]

Die Anstalt war ein ehemaliges Kloster, das
für die Besitzlosen eingerichtet worden war.
Dünne Eisdecken bedeckten die Pfützen der
Straßen, welche zum Armenhaus führten.

Friedrich Glauser

V ON ALLEN IHM bekannten Wesen sei er selber das am wenigsten spezialisierte und deshalb am meisten anpassungsfähige. So wie immer das Unspezialisierte wandelbarer und damit zukunftsvoller bleibe, sei er deshalb auch katastrophenhärter als alle höheren Tiere.

In jeder neuen Umgebung könne es ihm gelingen, ein für die Gegebenheiten geeignetes und sich in ihnen bewährendes Verhalten herauszuarbeiten. Er nähre sich bald von der Jagd, bald vom Fischfang, baue seine Hütte bald aus Holz, bald aus Stein, bald aus Schnee. Deshalb habe er sich auch als einziges Wesen über die ganze Erde auszubreiten vermocht, denn wohin er auch gekommen sei, habe er sich auf die bestehenden Verhältnisse eingerichtet.

Man finde ihn in den kältesten und in den heißesten Gegenden, an den Polen und am Äquator, auf dem Wasser und zu Lande, im Wald und in der Steppe, im Sumpf und im Gebirge.

Während die Inuits bis zu zwei Dutzend oder noch mehr Wörter für fallenden und ebenso viele für liegenden Schnee hätten, ohne dabei einen Oberbegriff für Schnee zu kennen, würden den Gauchos bis zu zweihundert für das Pferd, aber nur vier für Pflanzen zur Verfügung stehen. Und das gleiche würde man bei den Arabern für die Worte Kamel, Sand und die Farbe Braun finden.

Man kennt die Thesen und die Beispiele.

Und so sei er also, wie er es später immer wieder genannt habe, hingegangen und habe sich die Erde und alles, was sich auf ihr befinde, untertan gemacht.

Man hatte die in dem ehemaligen Kloster und um dieses herum entstandene Anstalt schon früher besucht.

Obwohl durch hügeligeres Gebiet führend und deshalb kurvenreicher, war man die an der Anstalt vorbeiführende, landschaftlich abwechslungsreichere Nebenstraße stets lieber gefahren als die in ihrem letzten Teil zur Autostraße ausgebauten Kantonsstraße, die der eingleisigen Bahnlinie folgte und mit dieser zusammen die Hauptverkehrsachse der Gegend bildete.

Und eines Tages, es mußte an einem Sonntag im November oder anfangs Dezember gewesen sein, zur Zeit also, in der man in der Schule die Klöster und das Klosterleben durchnahm, hatte man auf der Anhöhe oberhalb der Anstalt halt gemacht und die in einer leichten Mulde liegende, weilerähnliche Siedlung fotografiert.

Wieder hatte einen das plötzlich vor einem liegende Nebelmeer überrascht, das bis an den Jura hinüberreichte und bis vor kurzem auch die Anstaltsgebäude bedeckt haben mußte, sich im Moment aber zwischen den Dächern und Mauern lichtete und aufzulösen begann.

Nur noch hier und da hatten dichtere Schwaden die sonnenbeschienene Landschaft oberhalb der Anstalt bedeckt oder unscharf erscheinen lassen, die Sicht aber schon auf eine von einem roten Kran überragte Baustelle auf der nähergelegenen Seite der Anstalt, auf den der Anstalt angeschlossenen landwirtschaftlichen Betrieb auf der anderen Seite sowie auf die obersten Teile der einzeln oder nebeneinander stehenden ästereichen Bäume der Mulde freigegeben.

Hell und deutlich war auf der gegenüberliegenden Seite des Nebels in der ersten Jurakette die schneebedeckte Höhe des Chasserals zu erkennen gewesen.

Als man das Auto kurz darauf an der Straße oberhalb des ehemaligen Klostergartens abgestellt hatte, waren auch die letzten Nebelschwaden verschwunden gewesen, und die auf dem höchsten Punkt ihrer Bahn stehende Wintersonne hatte die angenehm frische Luft erwärmt.

Die in der Sonne glänzenden, messingenen Zeiger der Turmuhr hatten, durch einen minimen Winkel getrennt, beinahe senkrecht nach oben gezeigt.

Eine fast vollständige Stille hatte die Siedlung umgeben. Nur ab und zu war sie von einem vorbeifahrenden Auto unterbrochen worden.

Die moosbewachsenen braunroten Ziegel der ineinandergeschachtelten Giebel- und Krüppelwalmdächer waren trocken und nur gelegentlich noch von kleineren Schneeflächen bedeckt gewesen.

Neben auffallend kleinen Mansardendächern mit kleinen Mansardenfenstern hatten sich auffallend dünne und hohe graue Kamine erhoben.

Die dünnsten Zweige der Bäume im ehemaligen Klostergarten, der immer noch als Garten genutzt wurde, waren mit Rauhreif überzogen, und über die Mauer um den Garten herum war zum Teil mit Schnee bedeckter Efeu gewachsen.

Obwohl sich sonst immer einige oder mehrere Anstaltsinsassen um die Gebäude herum oder der Straße entlang aufgehalten hatten, war man niemandem begegnet, als man der Frontseite des ehemaligen Klosters entlanggegangen war.

Auch der Hof, der durch die halbkreisförmig an das ehemalige Kloster angebauten neueren Anstaltsgebäude gebildet wurde, war leer gewesen, so daß man ihn ungehindert hatte betreten können.

Neben einem kleinen Garten, der von einer dünnen Schneeschicht bedeckt und von einem reifüberzogenen Drahtgehege umgeben war, hatten zwei von Dreck durchzogene, zusammengeschmolzene und verharschte Schneehaufen gelegen.

Vom untersten Teil des von dieser Seite aus zur Gänze sichtbaren Turms, auf dessen Uhr die messingenen Zeiger bereits wieder einen größeren Winkel bildeten, hatte eine überdachte Steintreppe schräg nach oben zu einem nach außen vorstehenden, ebenfalls überdachten Gang geführt, unter dem sich eine halbgeöffnete Tür befunden hatte, die in das ehemalige Klostergebäude hineinführte.

Im Gegensatz zu den großen, fensterartigen Öffnungen in der Seitenmauer der Steintreppe waren die Öffnungen des Ganges mit einem Rahmen und festen Fensterflügeln verschlossen, die durch weiße Holzleisten in viele kleine, hochstehende Rechtecke unterteilt waren.

Auf den sich in ihrem obersten Teil kelchartig verbreiternden Pfeilern zwischen den Fenstern befanden sich die Wappen zweier emmentalischer und diejenigen zweier weiterer bernischer Ämter, und das Mauerband unter ihnen wies drei in verschnörkelter Schrift gemalte Jahreszahlen aus dem Anfang des Jahrtausends auf.

Wegen der Spiegelung der Umwelt in den Glasflächen waren die beiden männlichen Insassen der Anstalt, die sich unmittelbar hinter den Scheiben aufgehalten hatten, der eine sitzend, der andere stehend, nicht gleich zu erkennen gewesen, so daß man zusammengefahren war, als man ihre wahrscheinlich durch die Verzerrung des Glases, aber man war da nicht ganz sicher gewesen, abnorm erscheinenden Gesichter wahrgenommen hatte, die schon die ganze Zeit über unverwandt zu einem herunter geschaut haben mußten.

EINE BEGEBENHEIT, DIE SICH im Frühling des darauffolgenden Jahres abspielte, war der Grund dafür gewesen, daß man das ehemalige Kloster oder, wie man nun wohl sagen mußte, Alters- und Pflegeheim noch ein zweites Mal aufgesucht hatte.

An einem schulfreien Nachmittag im März oder April, jedenfalls vor Ostern, also auch vor den Frühlingsferien und somit wohl eher im März, hatte man seine Schwester an ihrem Arbeitsplatz, dem Medizinisch-Chemischen Institut der Universität, abgeholt, um mit ihr die im Bezirksspital des Wohnorts der Eltern liegende Mutter zu besuchen.

Es war ein schon recht warmer Tag gewesen, und man war übereingekommen, die Nebenstraßenstrecke zu nehmen und erst unterwegs, in einem der an der Straße liegenden Gasthäuser, einem Landgasthof, etwas zu essen, um danach, gegen drei Uhr, wenn die Mutter nach dem Essen eine Zeit lang geschlafen hätte, direkt ins Spital zu fahren und nicht noch zuerst das leere Elternhaus aufzusuchen und dort eine Mahlzeit zuzubereiten.

Der dem Alters- und Pflegeheim auf der anderen Straßenseite gegenüberliegende „Hirschen", den man hatte aufsuchen wollen, was für beide, die Schwester und einen selbst, das erste Mal gewesen wäre, hatte geschlossen gehabt, so daß man erst kurz nach den Zweien im übernächsten Dorf im „Schützen" eingekehrt war und, da die Küche schon zu und der Koch schon weg gewesen war, nur noch etwas

Kaltes, einen gemischten Salat, Bauernwurst, Milch, ein Restaurationsbrot und ein Bier, hatte bekommen können. Und während des Wartens auf das Essen hatte einer der sonst noch anwesenden Gäste, ein kleiner alter Mann in bäuerlicher Kleidung mit kurzgeschnittenen weißen Haaren, der allein an einem runden Tisch in der Mitte der Gaststube vor einem Dreier Roten saß, nachdem er einen Schluck Wein genommen hatte, zuerst zu sich und zu der Serviertochter und dann nur noch zu sich, aber so laut, daß es in der ganzen Gaststube hatte gehört werden können, also auch an dem Tisch, an dem die Serviertochter und eine weitere Frau, wahrscheinlich die Wirtin und Schwester der Serviertochter saßen, zu sprechen begonnen.

Das gebe Kraft! Sie solle ihm gerade noch einen bringen. Ja, vom gleichen. Algerier!
   Was? Kein Algerier?
   Was denn das für einer gewesen sei?
   So. Magdalener. Also gut. Dann solle sie ihm halt wieder von dem bringen.
   Aber warum sie denn hier keinen Algerier hätten? Der koste wahrscheinlich einen Batzen oder zwei weniger. Deswegen würden sie keinen haben.
   Das seien doch immer die gleichen Herrgottsdonner. Diese Wirtsleute. Und alles nur wegen einem Batzen oder zwei. Herrje!

Aber eine Kraft gebe einem dieser Wein. Das würden sie nicht glauben.

Er würde heute noch ein halbes Kalb oder eine halbe Sau herumtragen können. Wenn die Sache mit dem Rücken nicht wäre. Das würde ihm nichts zu tun geben.

Nur eben. Das sei nicht mehr wie früher.

Früher, da habe er eine Zeitlang jeden Tag einen halben Liter Blut getrunken. Kälberblut. Das habe eine Kraft gegeben. Potz!

Da habe er eine Kraft gehabt. Er hätte ein Eisen krümmen können. So eine Kraft habe er gehabt.

Aber alles nur wegen dem Kälberblut. Kälberblut!

Am Morgen, wenn sie dagehangen seien, schnell mit dem Messer hineingestochen. Und wenn es herausgespritzt sei, den Mund hingehalten, solange es noch warm gewesen sei. Das habe eine Kraft gegeben.

Die Störenmetzger, die hätten es manchmal noch von der Sau gesoffen. Zack. Mit dem Hammer eins ins Genick. Dann aufgehängt, hineingestochen und gesoffen.

Einmal hätten sie einen Eber gebracht. In Langnau. Ins Schlachthaus. Fünf Zentner schwer. Sie hätten gemeint, es sei eine Kuh.

Ist das eine Kuh? Ist das ein Rind? hätten sie gefragt.

Zwei fünfunddreißig mit dem Schwanz.

Beim Lehmann hätten sie eine Sau gemetzget. Da habe der Störenmetzger auch gefragt: Ist das eine Kuh?

Aber beim Eber in Langnau sei die Kugel nicht durch den Schädel. Und der sei losgerast, mit der Kugel im Kopf. Habe das Seil durchgerissen.

Pferdebeine abhacken und so, das habe Kraft gebraucht. Därme wegräumen und dieses Zeugs habe nicht viel zu tun gegeben.

Aber dann sei wieder andere Ware gekommen. Da habe es geheißen: So, los. Zeig, was du kannst. Zeig, was du für eine Kraft hast!

Damals habe er eine Kraft gehabt. Ja heute noch. Heute habe er noch eine Kraft. Er würde es noch mit manchem Vierzigjährigen aufnehmen.

Und das Essen sei auch gut gewesen. Das sei etwas anderes gewesen als da oben. Im Heim.

Dreimal in der Woche Kuttelsuppe!

Ob sie das hier auch machen würden? Kuttelsuppe.

Wahrscheinlich nicht. So richtig dick. Mit Tomatensoße. Das sei dann etwas Gutes!

Da habe er jeweils mehr als nur einen Teller voll genommen. So mit Kartoffeln und einem Sößelchen daran. Im Wirtshaus würde man dafür acht, neun Franken bezahlen. Ohne weiteres.

Und einen guten Lohn habe er auch gehabt. Hundertfünfzig Franken im Monat. Und wenn er durchhalte, nach zwei Jahren zweihundert, hätten sie gesagt.

Heute sei das ja nichts mehr. Heute würden sie ja soviel

als Sitzungsgeld erhalten. In Bern. Im Großen Rat. Nur dafür, daß sie dasitzen und große Reden halten und schwatzen.

Der Verwalter sei ja auch so einer.

Und dann noch einen dreizehnten Monatslohn dazu. Gestern hätten sie es gesagt. Im Fernsehen. In der Tagesschau. Daß sie es beschlossen hätten. Für die Bundesbeamten.

Dabei. Was das denn sei? Ein dreizehnter Monatslohn? Das gebe es ja gar nicht. Einen dreizehnten Monat. Und dann solle es einen dreizehnten Monatslohn geben?

Und er?

Hundertfünfzig Fränkli, wenn er durchhalte.

Aber er habe dann eben nicht mehr durchhalten können.

Einer habe zu ihm gesagt: Du mußt aufhören damit. Bluttrinken ist nicht gut für dich.

Dann hätten sie ihn zum Doktor geschickt. Und der habe gesagt: Du hast ja Wasser und Eiter und alles im Blut. In Bern. Im Inselspital.

Anno neununddreißig hätten sie ihm gesagt, er sei unheilbar. Und nun gehe er ins Einundsiebzigste!

Dann sei er zum Schär gegangen. Nach Langnau. Doktor Schär.

Da sage ihm die Frau, die sei ja zuerst in der Insel gewesen, in Bern. Im Inselspital. Als Krankenschwester. Dann sei sie erst die Frau Schär geworden. Sage sie: Seid Ihr nicht der und der?

Sage er: Doch, der bin ich!

Auf alle Fälle: Was er da oben koste, soviel könne er immer noch verdienen.

Der Rüegsegger in Hinterswil habe ihn letzthin auch wieder gefragt, ob er ihm nicht helfen wolle. Zeugs zersägen.

Ja, dafür brauche er, ein halber Tag reiche da nicht. Das alles zersägen. Und das Dach abdecken. Und den Rest der Hütte zerholzen und zerhacken.

Im halben Tag sechs Fränkli. Da habe er im Tag zwölf Fränkli zusammen. Und erst noch das Znüni und das Zvieri dazu.

Wurst und Brot und Senf. Und eine Flasche Bier. Oder Wein.

Nierenkrank. Nierenkrank sei er auch gewesen. Die Nieren hätten nicht mehr gewollt.

Ja. Er müsse dann gelegentlich einmal Schluß machen. Der Bruder habe es auch gemacht. Sich zu Tode gelacht.

Habe einen Unfall gehabt. Sei von einer Leiter gestürzt. Und der Doktor habe ihn auf Rheuma behandelt.

Und einmal habe er gesagt: Ich gehe nicht arbeiten heute. Ich gehe zum Schär. Ich halte es nicht mehr aus.

Und dann sei er nicht mehr gekommen.

Der Moser Kurt, der Polizist von Langnau, vielleicht sei er einem auch bekannt, habe ihn gefunden.

An einem Kirschbaum habe er sich zu Tode gelacht.

Während des Redens hatte der Alte mit seinen auffallend hellen blauen Augen vor sich hin, auf den Tisch und den Wein oder auf den Boden, nach und nach, als die übrigen Gäste das Wirtshaus verlassen hatten, aber auch immer häufiger zu der Serviertochter und der anderen Frau hinüber und zu einem selbst und seiner Schwester herüber geschaut.

Dann hatte ihm die Serviertochter gesagt, es sei nun genug, und sich noch eine Weile mit ihm darüber hin und her unterhalten, ob er in einem Wirtshaus stundenlang solche Sachen erzählen und damit die Gäste belästigen dürfe.

Sie hatte den Alten gefragt, ob er wisse, was man mit seinem Mund machen müsse, wenn er einmal gestorben sei?

Und sie hatte die Antwort darauf gleich selber gegeben: Den müsse man noch extra totschlagen.

Der Alte wiederum hatte der Serviertochter die Frage gestellt, wer von ihnen beiden wohl das bessere Mundwerk habe?

Schließlich hatte man bezahlt und mit seiner Schwester die Fahrt fortgesetzt, um nicht zu spät ins Spital zu kommen und die Mutter nicht warten zu lassen.

Auch als die Mutter einige Wochen nach Ostern aus dem Spital entlassen worden war und man die Strecke wieder weniger häufig fuhr, hatte man noch oft an den Alten und seine Geschichte denken müssen, über die man gern mehr erfahren hätte.

Verschiedene Male hatte man im Verlauf des folgenden Sommers deshalb bei einer sich bietenden Gelegenheit im „Schützen" halt gemacht, um in der Gaststube oder draußen, an einem der Gartentische, etwas zu essen oder zu trinken, seine Hoffnung, dabei noch einmal auf den Alten zu stoßen und mit ihm vielleicht ins Gespräch zu kommen, jedoch jedesmal enttäuscht gesehen.

Abgesehen von seiner Geschichte oder von dem, was man von seiner Geschichte wußte, war auch rein von seinem Äußeren, seinem Aussehen und seinem Verhalten her, ein unbestimmtes Gefühl der Vertrautheit mit dem Alten entstanden.

So als ob man ihn schon vor einer längeren Zeit einmal irgendwo gesehen, dann aber wieder vollständig vergessen hätte.

Und dieses Gefühl hatte einem keine Ruhe mehr gelassen.

Schon bald hatte man sich von der Gestalt des Alten, von seinen Gesichtszügen ganz zu schweigen, allerdings nur noch vage Vorstellungen machen können, und man hatte sich gefragt, ob man ihn sich überhaupt je einmal genau hatte vorstellen können.

Da man sich selbst davon überzeugt hatte, daß es unmöglich war, dem kleinen alten Mann bereits einmal begegnet zu sein oder ihn schon einmal gesehen zu haben, war als einzige Erklärung die Möglichkeit geblieben, daß einen sein Anblick an jemand anderen erinnerte, den man vergessen hatte.

Trotz der ungeklärten Zusammenhänge wäre die Erinnerung an den Alten mit der Zeit aber wahrscheinlich in Vergessenheit geraten, wenn man sich hätte entschließen können, vermehrt oder sogar ausschließlich die andere Strecke, die Kantonsstraße, zu nehmen und einem der Anblick des „Schützen" die Erinnerung an den Mann nicht jedesmal zurückgerufen hätte.

Einen Grund, sich dazu zu entschließen, nur noch die ungeliebtere Kantonsstraße zu nehmen, hatte es jedoch nicht gegeben.

Und so war es gekommen, daß man eines Tages, gegen Ende des Sommers, plötzlich zu wissen geglaubt hatte, daß einen der Alte an ein Bild eines anderen Anstaltsinsassen erinnerte.

An das Bild eines alten Mannes, bei dem man im eigenen Gedächtnis zunächst nicht an einen Anstaltsinsassen dachte, obwohl der Mann zum Zeitpunkt, als er fotografiert wurde, ein Anstaltsinsasse gewesen war.

Das Bild, an das einen der Alte erinnerte, war eine Fotografie des Insassen der Heil- und Pflegeanstalt Herisau Robert Walser, die man einmal in einem Buch über diesen gesehen hatte.

WÄHREND DES HERBSTES hatte sich das Bild des einundsiebzigjährigen Robert Otto Walser, die Fotografie, die man in Robert Mächlers Walser-Biographie gesucht und wieder gefunden hatte, jedesmal, wenn man am „Schützen" vorbeigefahren war, stärker vor das Bild des anderen alten Mannes und Anstaltsinsassen geschoben, dessen Name man nicht kannte, so daß man die beiden Bilder in der Vorstellung nicht mehr hatte auseinanderhalten können.

Dieser Vorgang hatte einen, auch von dem her, was man von den beiden Männern, von Robert Walser und dem anderen Anstaltsinsassen, gewußt hatte, so beschäftigt, daß man Ende Oktober, Anfang November zu dem Entschluß gekommen war, dem ehemaligen Kloster ein zweites Mal, diesmal, wenn man so wollte, einen offizielleren Besuch abzustatten.

Man hatte das Auto vor der Straßenfront des ehemaligen Klostergebäudes abgestellt und dieses durch das Hauptportal oder den Haupteingang betreten, zwischen dessen Vordach und dem waagrecht vorstehenden Fuß des Satteldachs ein in Stein gehauenes Berner Wappen prangte.

Über eine zweiläufig gewendelte Steintreppe war man in den oberen Stock und nach dem Anklopfen durch eine Tür mit der Aufschrift *Verwaltung* in einen großen, sonnigen Büroraum gelangt, der kurz nach der Tür von einer bauchhohen Schranke durchzogen war.

Eine junge Frau war in der Nähe eines Fensters an einem altmodischen Schreibtisch gesessen, und eine kleine Frau in den Vierzigern war vor einem blechernen Schubladenblock gestanden und hatte in der Hängeregistratur eines herausgezogenen Faches geblättert.

An der rechten Wand hatte ein veraltetes, weit geöffnetes Modell eines Panzerschranks oder Tresors gestanden.

Man hatte der älteren Frau gesagt, daß man jemanden besuchen möchte, dessen Name man nicht kenne.

Nein. Man sei nicht mit ihm verwandt, sondern ihm nur einmal begegnet. Der Mann habe damals etwas von sich erzählt, was jetzt vielleicht Aufschluß über seine Identität geben könne.

Man hatte versucht, den Gesuchten zu beschreiben, wobei man vor allem bei der Beschreibung des Gesichtes Schwierigkeiten gehabt hatte und nicht sicher gewesen war, ob man wirklich das Gesicht des Anstaltsinsassen, den man meinte, zu beschreiben versuchte, oder ob es das Gesicht Robert Walsers war.

Ob der Frau das etwas sage. Ob sie diese Dinge mit jemandem im Heim in Verbindung bringen könne.

Das sei natürlich nicht einfach. Sie hätten gegenwärtig an die zweihundert Männer hier.

Aus dem Emmental, sage man. Und Metzger sei er gewesen. Sechzig. Siebzig. Klein. Mager.

Etwa der Fahrni oder der Aebi.

Aber die seien beide nicht aus dem Emmental.

Und krank? Vielleicht der Woodtli? Der habe Asthma. Aber der sei wieder jünger.

Etwas mit dem Blut? Eine unheilbare Krankheit? So etwas sei ihr nicht bekannt.

Und er gehe zu den Bauern arbeiten, sage man.

Im „Schützen" unten habe man ihn getroffen? Ob er etwa auch gelästert habe? Ob er ein gutes Mundwerk gehabt habe?

Ja, ob das am Ende noch der Loser sei? Das könne nur der sein. Das sei sicher der Loser. Der ziehe die ganze Zeit in der Gegend herum. Der sei fast nie hier.

Loser Hans. Jahrgang zwei. Also siebzig. Von Lützelflüh. Das könne stimmen.

Er spreche gern etwas viel.

Ob er etwa auch über sie hier gelästert habe? Über Pfründisberg? Über das Essen geschimpft?

Ja. Das sei schon der.

Man könne ja einmal schauen, ob man ihn finde.

Man könne hier auf der anderen Seite die Treppe hinunter und durch den Kreuzgang.

Dann komme man beim Brunnen hinaus.

Dort könne man den Weg nach hinten gehen. Dann komme man zum Männerhaus.

Während des Redens hatte die Frau verschiedene Papiere aus einer Kartei im offenstehenden Tresor gezogen, sie aber immer wieder zurückgesteckt, bis sie auf die Unterlagen von Loser Hans gestoßen war.

Loser Hans. Jahrgang zwei. Von Lützelflüh.

Im Kreuzgang hatte man zu den sonnenbeschienenen Dachteilen hinaufgesehen und bemerkt, daß die kalkgelben Mauern über den grobbehauenen Steinpfeilern von dunkelroten Fachwerkbalken durchzogen waren.

Auf der anderen Seite des ehemaligen Klostergebäudes, im Hof, der von den umliegenden neuen Bauten gebildet wurde, war man auf eine Gruppe alter Frauen gestoßen, die man, ohne eine von ihnen direkt anzusprechen, nach Loser Hans gefragt hatte, von denen aber nur ein verschämtes Lachen, ein singendes Wiederholen des Namens und ein fahriges Hinweisen auf den hinter ihnen liegenden Wohnblock als Antwort zu erhalten gewesen war.

Der Block hatte sich, als man in ihn hineingetreten war, als Frauenhaus erwiesen, und eine weitere alte Frau, der man in einem Gang begegnet war und die man nach dem Wohnhaus der Männer gefragt hatte, rief diese Bezeichnung in einer unaufhaltsamen Wiederholung verstört und verängstigt aus, bis man das Gebäude wieder verlassen hatte.

Frauenhaus! Frauenhaus! Frauenhaus! Frauenhaus! Frauenhaus! Frauenhaus!

Erst zwei alte Männer, die abseits auf einer Holzbank im Hof gesessen waren und deren Füße in hochgeschlossenen, an der Kappe mit Leder verstärkten Manchesterpantoffeln gesteckt hatten, waren wieder imstande und bereit gewesen, einem mit einer Auskunft weiterzuhelfen.

Der Loser Hans? Der Hansli?
Der haue immer ab. Das sei ein Vagant.
Der sei nie da. Man solle zum Wärter gehen, der könne es einem sagen. Er sei gerade beim Scheren drüben. Haarschneiden.
Das sei ein Vagant. Dieser Hansli.
Ein Vagant.

Schließlich hatte man das Männerhaus gefunden und war dort in einen Aufenthaltsraum gelangt, in dem mehrere alte Männer beim Zeitungslesen oder Jassen gewesen waren oder einfach nur dagesessen hatten.

Einer von ihnen, den man gefühlsmäßig sofort für einen alten Italiener gehalten hatte, war, von den anderen abgesondert, rittlings auf einem Stuhl vor einem riesigen Kasten von Radioapparat gesessen und hatte diesen mit beiden Armen fest umklammert gehalten.

Die Lider über seinen leicht hervortretenden Augäpfeln waren fast geschlossen gewesen, und sein ganzes Aussehen, die Glatze und die langen, weißen Haare um sie herum, der große grauweiße Schnauz, die Dickleibigkeit, die Kleidung, eine grüne, teilweise gestrickte Weste und ein kariertes Hemd, alle diese Dinge waren einem südländisch vorgekommen.

Möglicherweise hatte man sich bei der Beurteilung aber auch von der pathetischen, opernhaften Musik beeinflussen lassen, die der Mann mit dem Abstimmungsknopf auf verschiedenen Sendern gesucht und sich dann einige Zeit lang angehört hatte.

Einer der Zeitungsleser hatte sich bei den andern nach dem Wärter, nach Schori, erkundigt und einem dann erklärt, daß dieser in einem der anliegenden Zimmer am Rasieren sei.

Auf der Tür des betreffenden Zimmers hatte es *Coiffeur* geheißen, und als man eingetreten war, hatte man sich in einem kleinen Friseursalon mit zwei Friseurstühlen befunden.

Auf dem vorderen Stuhl war ein alter Mann in einer blauen Arbeitsjacke und einer dunkleren blauen Gärtnerschürze gerade dabei gewesen, sich mit zitternden Händen mit einem weißen Tuch den nach der Rasur übriggebliebenen Rasierschaum wegzuwischen, während ein etwa fünfunddreißigjähriger Mann in einer blauen Arbeitsschürze und einer übergebundenen karierten Küchenschürze hinter ihm gestanden hatte und mit dem Auswaschen eines Rasierpinsels und eines Seifennapfs beschäftigt gewesen war.

Einen Moment. Er sei gerade fertig.

Den Loser suche man?

Da wisse er aber nicht, wo der sei.

Ob man ihn draußen nicht gesehen habe?

Der haue eben immer ab. Der sei manchmal den ganzen Tag nicht da. Hocke entweder im Wald oben oder in Mühledorf in der Beiz. Oder sei sonst irgendwo unterwegs.

Man könne ja einmal zusammen schauen gehen, ob er irgendwo sei. Aber er wisse gar nicht, wo er suchen solle. Vielleicht im Fernsehraum. Oder im Zimmer.

Aber zum Mittagessen sei er, glaube er, auch nicht dagewesen.

Vielleicht komme er nicht einmal zum Nachtessen. Das wisse man bei dem nie.

Er gehe eben auch zu den Bauern arbeiten. Das sei eine verflixte Sache mit ihm.

Habt ihr den Hans irgendwo gesehen, Brönnimann?

Den Hansli? Den habe er den ganzen Tag noch nicht gesehen. Zum Mittagessen sei er auch nicht dagewesen.

Der sei immer fort. Das sei ein Vagant.

Ihn nehme nur Wunder, wo der immer das Geld hernehme. Er würde das jedenfalls nicht können. Immer so fort und in die Wirtshäuser.

Nein. Im Zimmer habe er ihn auch nicht gesehen.

Der Mann, den der Wärter nach Loser gefragt hatte, war wie die meisten Insassen nicht nur alt, sondern zusätzlich noch mit einem sofort und schon von weitem ins Auge fallenden körperlichen Gebrechen behaftet gewesen.

Sein Rücken war so gebückt, daß er fast waagrecht verlief und den Mann zwang, an einem Stock zu gehen, wenn man da überhaupt noch von Gehen reden durfte.

Seine Füße hatten in Sandalen gesteckt, durch deren ausgestanzte Ornamente dicke Wollsocken hindurchgedrückt hatten.

Nach einem Garderobenraum im Keller hatte man zusammen mit Wärter Schori noch das kleine Zimmer im zweiten Stock aufgesucht, das mit zwei Betten schon fast gefüllt gewesen war, Loser jedoch auch dort nicht gefunden.

Er könne einem wahrscheinlich nicht helfen. Er würde auch nicht wissen, wo er noch würde suchen müssen. Ob man etwa sein Vormund sei?

Doch. Man könne anrufen. Das sei vielleicht besser. Dann würden sie es ihm sagen, auf der Verwaltung. Und dann würde er schauen, daß er ihn hierbehalten könne.

Es sei schon einmal jemand gekommen, kürzlich, der zu ihm gewollt habe. Und er habe ihn nur mit Müh und Not hierbehalten können.

Er habe immer wissen wollen, wer das sei und was die von ihm wollten. Wenn es dann der Vormund sei, bleibe er auf jeden Fall nicht.

Aha. Schriftsteller. Ja, beim Loser wisse man nie so recht, was jetzt eigentlich Dichtung und was gelogen und was die Wahrheit sei. Das könne man bei dem nicht unterscheiden, was er alles erzähle. Über sie vom Heim hier erzähle er wahrscheinlich auch schöne Sachen.

Vielleicht, daß er um sechs Uhr zum Essen wieder komme. Das könne sein. Aber er könne einem nichts versprechen.

Man würde dann in den Speisesaal hinübergehen müssen. Dort drüben hinunter. Dort bei dieser Mauer durch das Holztor.

Dann sehe man, daß dies der Speisesaal sei.

Und Loser würde dort zuhinterst sitzen.

DAS WAR AM FREITAG vergangener Woche gewesen.

Vielleicht hätte man dem Wärter nicht sagen sollen, daß man Schriftsteller sei und sich für das interessiere, was Loser von seinem Leben erzähle.

Aber man hatte es getan, um dem Mann eine Erklärung dafür zu geben, daß man mit Loser sprechen wolle.

Und man hatte hinzugefügt, daß man auch noch Lehrer sei. Wie es sich für einen anständigen Schweizer Schriftsteller gehörte.

Als man am Vortag im Heim angerufen hatte, hatte man den Schriftsteller jedenfalls wieder weggelassen und nur gesagt, daß man Lehrer in dem und dem Ort sei und heute nachmittag den Loser Hans besuchen wolle.

Die Stimme am Apparat, man hatte angenommen, es sei die des Verwalters, hatte mißtrauisch geklungen und sich erkundigt, ob man mit Loser verwandt sei.

Dann hatte sie aber in einem neutralen Ton erklärt, man werde Loser die Sache ausrichten und schauen, was man machen könne, damit er um zwei Uhr hier sei.

Nun war es kurz vor zwei, und ich hatte die Haarnadelkurve vor dem ehemaligen Kloster erreicht, wo ich die Geschwindigkeit auf die vorgeschriebenen vierzig Stundenkilometer hinunternehmen mußte.

Das Land, das auf der Anhöhe über dem ehemaligen Kloster sichtbar wurde, das Seeland, wo Bielersee, Neuenburgersee und Murtensee ihren Anteil zwischen den

Hügeln und Ebenen beanspruchten, lag unter dunkelblauem Himmel gestochen scharf in gelbem Spätherbstlicht.

Wenn am Morgen Nebel die Gegend bedeckt hatte, wie das hier in der kalten Jahreszeit üblich war, mußte er sich an diesem Tag schon früh aufgelöst haben.

Auf dem breiten Rücken des Chasserals, dem Hauptberg der ersten Jurakette, die auf der gegenüberliegende Seite die Grenze der Landschaft bildete, lag allerdings bereits wieder neuer, blendend weiß leuchtender Schnee.

Als ich auf das Männerhaus zutrat, sah ich hinter dem ersten Fenster des Treppenhauses einen kleinen alten Mann stehen, von dem ich einen Moment lang glaubte, es sei Loser.

Da sich der Eindruck jedoch nicht verfestigte, in der Erinnerung im Gegenteil wieder das Robert-Walser-Bild auftauchte und ein sicheres Wiedererkennen verunmöglichte, suchte ich, wie vereinbart, ohne den Mann anzusprechen, zuerst das Wärterbüro auf, das mir Schori beim letzten Besuch des Männerhauses gezeigt hatte.

Ah. Grüß Euch wohl. Der Loser warte schon da vorne. Ob man ihn nicht gesehen habe?

Er komme schnell mit einem mit. Man könne ja ins Besucherzimmer gehen.

Loser, das ist jetzt der Herr.

Grüß Euch.

Jetzt habe er die ganze Zeit gedacht: Wer ist das, der mich da besuchen kommen will. Er kenne so einen nicht.

Der Verwalter habe ihn auch gefragt: Was für einer ist das? Was will der von dir?

Aber er habe gesagt: Das weiß ich auch nicht. Ich kenne den nicht. Ich kenne keinen solchen.

Lehrer sei er, habe er gesagt, der Verwalter.

Aber er habe gesagt: Ich kenne keinen solchen Lehrer.

Im Besucherzimmer, das wie eines der vielen nichtssagenden Wartezimmer eines Arztes aussah, begann Loser, nachdem wir uns gesetzt hatten, überraschend unverzüglich von sich und seinem Leben zu erzählen, ohne daß ich etwas gesagt hätte, um meinen ihm sicher und eigentlich auch mir selber unverständlichen Besuch zu rechtfertigen.

Wie lange er schon hier, in dieser Anstalt, auch er gebrauchte das Wort „Anstalt", sei.

Woher er stamme, wie es ihm ergangen und wie es gekommen sei, daß er sich hier befinde, ohne etwas dafür getan zu haben und ohne etwas dagegen tun zu können.

Daß er wegen einer Krankheit hierher gekommen sei, von der er jedoch nichts merke und von der er auch nicht glaube, daß er sie habe, da ihm niemand etwas Genaues über sie sagen könne und da alles, was ihm die Ärzte bisher vorausgesagt hätten, nicht eingetroffen sei.

Weshalb er eben noch einmal eine möglichst gute Untersuchung vorgenommen haben möchte, deren Ergebnis er dann selber, und zwar schriftlich, in die Hände bekomme.

In Bern. In der Medizinischen Poliklinik. Daß er eine Handhabe hätte. Von der Poliklinik aus. Der Medizinischen.

So daß er sagen könnte: So, hört einmal, ihr Herren. Das Blut ist normal. Warum habt ihr mich noch hier?

Gerade deswegen wolle er das. Das sei maßgebend bei ihm.

Wegen dem Rücken würde das nichts machen. Wegen dem Rücken würde er noch manche Arbeit machen können. Wellen binden, Holz spalten oder sonst etwas.

Bauernknecht bei einem großen Bauern könnte er nicht mehr sein. Aber bei einem kleinen. Bei einem, wie der, bei dem er gewesen sei. Der sieben Kühe gehabt habe.

Beim Heuen habe er Fuder geladen, die so groß und breit gewesen seien, daß es beim Einfahren den Bindbaum abgeschossen habe.

Und die Frau habe auf ihn geschaut wie auf den Vater. Wie auf den Mann.

Die Kinder hätten gesagt: Hans, der Vater hat gesagt, du bist ein Lieber. Da habe er gesagt: Gell. Ich bin es eben.

Beim Essen sei die Kleine neben ihm gesessen: Hans, der Vater hat auch gesagt, du bist ein Lieber!

Die Woche hindurch, wenn es ihm nicht gut gegangen sei, habe die Meistersfrau gesagt: Hans. Du kannst ins Bett gehen. Aber komm mir um halb sechs in den Stall.

Dort sei er wie bei Vater und Mutter und wie ein Bruder gewesen.

Sie habe ihm die Socken gewaschen. Die Woche hindurch habe sie gesagt: Wenn du dreckige Socken hast, gib sie. Ich wasche sie. Und wenn du Hemden hast, gib sie.

Das sei schön. Es würde manchen Bauern geben, bei dem man sich im Monat einmal oder alle vierzehn Tage ein anderes Hemd anziehen könne.

Und dort habe es geheißen: Hast du Socken? Hast du Hemden? Hast du dreckiges Zeugs? Gib es!

Sei wie die Mutter gewesen.

Und jede Woche einen halben Tag frei. Er habe weggehen können.

Und wenn man einmal auch nicht daheim gewesen sei, alles recht.

Dort sei er so wohl gewesen. So wohl.

Und dann habe man ihn, seiner Seel, fortgenommen und hierher gebracht.

Da habe die Fürsorge, die zuständige Gemeinde, wahrscheinlich etwas erfahren.

Daß er dort und dort gewesen sei und daß man ihn dort und dort fortgenommen habe.

Als sie gewußt hätten, daß er habe fort müssen, dort und dort aus diesem Grund, wegen der Krankheit, habe es geheißen: Ja, dann müssen wir ihn hier auch fortnehmen. Sonst gibt es einen Todesfall im Haus. Dann muß der Bauer verantwortlich sein.

Aber hier sei er jetzt sieben Jahre und arbeite.

Aber nicht im Heim. Da verdiene man zwei Fränkli in vierzehn Tagen.

Dann würde man zwölf Franken für die Kost zahlen müssen. Das sei ja verrückt!

Zwei Fränkli. Das sei nichts.

Wenn er auswärts arbeiten gehe, könne er im Garten arbeiten.

Er sei diesen Herbst auch gegangen.

Dann würden sie einem einen Fünfliber zahlen. Und die Kost und das Zvieri. Und zum Zvieri eine Wurst und Brot und Senf dazu. Und ein Fläschli Bier. Oder dann Wein.

Acht Franken im Maximum, wenn man das Bezahlte dazu rechne.

Und hier habe man zwei Franken und schlecht zu essen. Suppe in einem großen Hafen.

Einmal sei der Patron, der Verwalter, gekommen. Da habe es Suppe gegeben. Und die Suppe sei wie Salzwasser gewesen.

Da sage er zu dem, der neben ihm gesessen sei: Du, ist die gut?

Sage der: Nein. Die schütt ich gerade zurück. Ins Suppenbecken hinein.

Der andere auch. Er auch.

Dann komme der, der vorher dagewesen sei, der Schori, der Wärter.

Sage er zu dem: Das ist ja Salzwasser!

Rufe der den Patron. Der komme. Nehme einen Löffel, probiere.

Mache der: Ja, Hans Loser. Diese Suppe ist recht!

Nein! Das ist regelrechtes Salzwasser!

Nichts da! Abfahren! Will dich nicht mehr sehen!

Seither habe er keine Freude mehr an ihm.

Dann habe es am letzten Montag wieder Suppe gegeben, die salzig gewesen sei.

Habe er gesagt: Schon wieder Salzwasser!

Habe der Wärter gesagt: Du wirst wohl kaum meinen, daß ich wegen dir jedesmal den Verwalter hole!

Sage er: Doch!

Und wäre der Verwalter gekommen, hätte er gesagt: Schon wieder Salzwasser!

Dann hätte der Verwalter gesagt: Das ist jedesmal das gleiche. Du reklamierst immer. Bist ein verschleckter Bursche!

Wenn niemand reklamiere, sei er immer der Blamierte. Der Loser. Der Hansli.

Aber damals hätten auch andere reklamiert. Ein halbes Dutzend.

Dann hätten sie einen ganzen Hafen wieder hinaustragen müssen.

Der kleine alte Mann zog ein zerknülltes, unsauberes Taschentuch aus der Hose, entfaltete es und schneuzte mehrmals laut in den dünnen hellbraunen Stoff.

Nasenschleim geriet auf seine Finger, einige Spritzer landeten auf den Zeitschriften, die auf dem Tischchen vor ihm gestapelt waren. Auf dem „Alpenhorn-Kalender", auf Illustrierten, auf dem „Hinkenden Boten".

Eindeutig als Blutflecken auszumachende Verunreinigungen konnte ich auf dem durchscheinenden Gewebe keine erkennen, obwohl getrocknetes Blut sich mit der Zeit braun verfärbt und von anderem Schmutz kaum zu unterscheiden ist.

Anschließend putzte Loser sich die Finger ab, strich mit dem großen Stoffstück einige Male unter der Nase hindurch und über den Mund, bevor er es zusammendrückte und in die Hosentasche zurücksteckte.

Ohne daß ich ihn dazu hätte auffordern müssen, sprach er sofort weiter.

Wie bei Vater und Mutter sei er gewesen. Es habe nicht sein sollen.

Das sei eben auch wieder wegen dem Blut. Die hätten vernommen, daß er etwas im Blut habe.

Da hätte es im Todesfall geheißen: Er hat das und das im Blut und ist gestorben wegen dem.

Nicht wegen dem Rücken. Wegen dem Rücken sterbe ein Mensch nicht.

Aber es habe geheißen: Es ist etwas da, und es kann einen Todesfall geben. Und dann müssen wir ihn haben, im Haus. Und dann müssen wir noch schuld sein.

Ja, das würde hier auch so gehen können. Das hätte schon lange vorkommen können.

Jetzt sei er sieben Jahre hier und hätte seither, in diesen Jahren, Herrjessesgott, zehn Mal sterben können, wenn es hätte sein sollen.

Das sei doch Blödsinn!

Jetzt seien es dann dreißig, zweiunddreißig Jahre, daß er das im Blut haben solle.

Und das Blut, das ändere sich mit den Jahren. Das sei nie gleich.

Im Sommer mache er immer etwas. Koche Kresse. Mache Tee, um ihn am Abend zu trinken.

Nur müsse er jetzt einmal etwas für den Schlaf kaufen. Er könne nicht mehr schlafen.

Er habe einen im Zimmer, der bis um zwölf Uhr, elf Uhr, zwölf Uhr, schwatze. Weil er Zigaretten nehme. Immer Tabak kaue und immer schwatze und palavere die ganze Nacht.

Darum sei er am Morgen jeweils müde. So zwei, drei Stunden könne er schlafen. Dann nicht mehr. Dann sei fertig.

Das sei merkwürdig.

Vielleicht würden Tabletten nützen.

Nicht, daß ihn etwas plage. Daß er jemandem etwas zuleide getan hätte. Im Gegenteil. Er sei ein Gutmütiger. Der Verwalter habe auch gesagt, er sei ein Gutmütiger.

Aber wenn er loskomme, wie einmal, da habe der andere einen gehabt, über den Schädel.

Tätsch. Über den Schädel, daß er ihn habe nähen lassen müssen in Bern.

Und als der ihn wieder gesehen habe, sage der: Du, Hans. Bist etwas heftig gekommen!

Sage er: Ja, schau. Da muß mir einer nicht mit dem Stock aufziehen. Sonst nehme ich ihm den Stock und geb ihm eins drauf!

Hättest nicht sollen!

Ja, nicht sollen. Muß halt einer nicht den anderen necken. „Ei-ei"-machen. Geb ich ihm eins!

Und das andere Mal dreht sich das dann um.

Gibt der andere diesem eins.

Je länger ich den Mann, der mir wie in sich und in seinen Kleidern versunken gegenübersaß, betrachtete, desto unverständlicher wurde mir, warum mir an seiner Stelle immer wieder das Bild jenes anderen Anstaltsinsassen, das Bild von Robert Walser, vor Augen gekommen war, dem dieser Mann, wie ich nun festzustellen glaubte, gar nicht glich.

Abgesehen von den kurzen weißen Haaren, den hellen blauen Augen und den aus der Mode gekommenen ländlichen Kleidungsstücken, zu denen eine Weste gehörte.

Möglicherweise hätte ich, wenn ich die Fotografie des fast gleichaltrigen Robert Walsers jetzt vor mir gehabt hätte, aber doch weitere Gemeinsamkeiten feststellen können, die, wie ich glaubte, irgendwie vorhanden sein mußten.

Denn sonst hätte ich mir das ständige Ineinanderüberfließen der beiden Gesichter ebensowenig erklären können wie die Tatsache, daß ich einen mir völlig fremden alten Mann in der nicht gerade angenehmen Umgebung einer Anstalt besuchte, nur weil ich einmal zufällig Zeuge geworden war, wie er, höchstwahrscheinlich unter erheblichem Alkoholeinfluß, in einer mich irritierenden, zu seinem Aussehen in Diskrepanz stehenden, reichen und bildhaften Sprache Dinge von sich erzählte, die sowenig wie die Sprache zu seinem Aussehen zu passen schienen und zumindest ungewöhnlich hätten genannt werden müssen.

Und auch jetzt waren es wieder diese Dinge und die Sprache, in der sie erzählt wurden, die mich faszinierten.

Obwohl das, was Loser erzählte und die Sprache in der er es erzählte, sich seit einer Weile, wie ich befürchtete, immer mehr dem unscheinbaren Aussehen ihres Vermittlers anglichen und immer weniger ungewöhnlich zu werden drohten.

Während wir durch den sonnenbeschienenen Hof, in dem sich immer noch etliche Anstaltsinsassen aufhielten, am ehemaligen Klostergebäude vorbei zum Auto gingen, erzählte der kleine alte Mann weiter, nun, wie mir schien, vielleicht um eine Spur lauter, um die herumstehenden anderen Anstaltsinsassen die nur ihm, dem anscheinend wenig beliebten Loser Hans zugekommene Aufmerksamkeit eines ungewöhnlichen Besuchs speziell merken zu lassen.

Da sei der Landjäger von Heubach gekommen. Selber. Persönlich erschienen.

Habt Ihr diesen Loser Hans?

Hätten die Bauersleute gesagt: Ja. Wir haben ihn.

Ihr müßt ihn gehen lassen. Er ist krank.

Wieso? Sie würden nie etwas gemerkt haben, daß er krank sei. Er habe alle Tage gearbeitet. Außer, daß da etwas vorhanden sei bei ihm. Ob das etwas im Kehlkopf sei oder sonst etwas. Aber gearbeitet habe er immer. Im Gegenteil. Bald mehr als er hätte sollen. Und sie würden nicht verstehen, warum man ihn fortnehmen komme.

Sage der Landjäger, er habe den Auftrag bekommen, ihn fortzunehmen.

Sage er zum Landjäger: Aber gerade an einen anderen Ort hintun. Von einem Bauern zum andern!

Und so sei es gewesen. Geradewegs zu einem anderen Bauern.

Das habe einen großen Sinn. Von einem Bauern zum andern. Und wenn man eine Weile dort sei und eine Weile gearbeitet habe, noch einmal fortnehmen und anderswo hintun.

Da habe er gesagt: Jetzt hört alles auf!

Als wir im Auto saßen, schaute Loser interessiert auf die Instrumentenanzeigen, die vor mir aufleuchteten, stellte den Rücken gerade, zupfte seinen Kittel zurecht und fragte, woher ich gekommen sei.

Von Kleedorf? Von unten herauf? Aha, nicht von dort. Von Bern. Von Bern herab. Ob man in Bern wohne?

Dann könne man nach Mühledorf, zum Gerber. Zum Gerber Fritz. Nein, in den „Schützen" in Kleedorf wolle er nicht. Nach Mühledorf gehe gut. Da müsse man hier hinauf. Zurückbringen müsse man ihn nicht. Er habe Zeit, zu Fuß zu gehen.

Aha. Man fahre dann nach Biel. Besuche die Eltern. In dem Moment sei das etwas anderes. Dann könne man ihn zurückfahren. Ob man wisse, wo der Wegweiser nach Mühledorf sei?

Als ich den Motor startete und losfuhr, verfolgten die hellblauen Augen freudig jede Handbewegung und jede Fußbewegung, die ich machte, und unbewußt imitierten die Hände und Füße des alten Mannes meine Manipulationen in verkleinerter Form.

Trotzdem sprach er, als wir fuhren, sofort weiter, setzte dort an, wo er aufgehört hatte.

Das sei eine komische Sache. An einem Ort fortnehmen und an einen anderen Ort hintun. Dann dort schauen, wie er arbeite.

Dann, wenn er arbeite, sei alles in Ordnung.

Arbeite er nicht, könnten sie ihn immer noch an einen anderen Ort tun.

Dann sei er dort sechs Wochen gewesen. Nach sechs Wochen hätten sie ihn geholt und wieder an einen anderen Ort getan.

Herrgottnocheinmal. Vier Mal im gleichen Jahr.

Das sei etwas viel.

Würden sie ihn doch gelassen haben, wo er gewesen sei. Dann würde das auch gegangen sein.

Dann hätte man immer noch sagen können: Ja, wenn es nicht geht, bringen wir ihn zum Doktor und schauen, was der Doktor sagt.

Dann erst sagen: Wir müssen ihn versorgen. Der Doktor verlange es.

Aber dann würden Zeugnisse vorhanden sein müssen. Heute richte man sich nach Zeugnissen.

Die Zeugnisse erhalte der Vormund. Dann sage der Vormund zu den Gemeindebehörden: Das Zeugnis lautet so und so. Also. Versorgt ihn!

Ja. So ist das Leben.

Das ist eine Sache.

Daß man meine, man wolle den Menschen versenken.

Er habe es dem Verwalter gesagt: Warum versenkt man einen?

Ja, Herr Verwalter. Jetzt bin ich schon das zweite Mal hier. Den Grund möchte ich wissen, warum ich hier sein muß, zum zweiten Mal. Den Grund möchte ich haben.

Ja, schau. Das ist so. Den Grund, den wißt Ihr.

Sage er: Er könne ihn ihm ja sagen.

Der habe die Papiere. Der wisse haargenau, wie die Papiere lauten würden.

Der könne die Papiere hervorholen und sagen: So, Hans. So ist deine Lage. Also.

Aber der mache nicht viel Wesen um etwas.

Nur der vom Vormittag, der Herr Schori, den habe er nicht gern.

Nein. Den hab ich nicht gern.

Weil der ihn auch ein bißchen hasse.

Und er ihn auch.

Sie würden beide einander hassen.

Weil er nichts arbeite drüben.

Der ziehe das vor, wenn man drüben arbeite.

Darauf würden sie schauen.

Da heiße es: Der, der arbeite, müsse weniger bezahlen.

Darauf gebe er nichts.

Er bekomme im halben Jahr die Abrechnung. Oder er verlange sie. Dann komme sie.

Dann könne er nachschauen: So und so, wieviel er bezahlen müsse. Da sei er immer auf dem Laufenden.

Und das müsse man eben. Die Rechnung, die Abrechnung verlangen.

Dann, wenn man die Abrechnung in den Händen habe, könne man sagen: So. Soviel muß ich bezahlen!

Nachdem ich den Hang hinter dem ehemaligen Kloster hinaufgefahren war, folgte die Straße dem in allen Herbstfarben leuchtenden Waldrand, bevor sie ganz in den ausgedehnten Wald einmündete, der den Hügelzug bewuchs.

Es war der Weg, den ich kurze Zeit zuvor hergefahren war.

Dann tauchte der Wegweiser nach Mühledorf auf.

Da es in der Nacht zuvor heftig geregnet hatte, war die Straße im Wald dicht von Laub bedeckt, von nassen Blättern, die ihre Farbe zum größten Teil wieder eingebüßt hatten.

Helles Sonnenlicht fiel durch die Bäume.

Trotzdem war vorsichtiges Fahren angesagt, wenn man sich nicht selber versenken wollte.

Loser sprach, den Umgebungswechsel nicht beachtend, unbeirrt weiter.

Letzthin habe er ein Päckli erhalten.

Jetzt erhalte er jede Weihnachten ein Päckli.

Bald komme wieder eins.

Dann habe es geheißen: So und soviel bezahlen.

Ein Päckli von der Heimatgemeinde.

„Geschenk" sei auf der Innenseite geschrieben gewesen. So und soviel.

„Geschenkkontrolle" heiße das.

Was „Geschenkkontrolle"? Wenn er zehn Fränkli dafür bezahlen müsse! Das ist ein Geschenk? Und man muß noch zehn Fränkli geben!

Sage er: So jetzt ist fertig. Nichts mehr. Habe es refüsiert. Alles zurückgeschickt.

Schokolade, für zehn Fränkli, und Gebäck und solches Zeugs.

Fort damit. Refüsiert.

Und das vorletzte Mal habe er eine Flasche Wein erhalten. Den habe er gerade gesoffen.

Uuh. Er habe eine Cheib gehabt. Einen Suff.

Sei voll gewesen wie ein Millionencheib.

Damals habe er einen von Zollbrück gehabt. Einen Vormund. Von seiner Schwester der Mann. Nein, der Sohn. Der sei in der Armenkommission gewesen. Der Fürsorgekommission.

Sage der: Hans, was hinten ist, ist gemäht.

Ja. Was hinten ist, ist gemäht.

Das ist bei dir auch gemäht. Und jetzt mußt du das nicht mehr so tragisch nehmen.

Sage er: Fahr ab mit deiner Flasche Wein. Ich will keinen Wein.

Schau, Hans. Du bist ein gutmütiger Mensch. Wir kennen einander schon manches Jahr. Nimm diesen Wein.

Ich will ihn nicht.

Du, Hans. Wenn du diesen Wein nicht nimmst, werde ich wütend.

Sage er: Also gut. Ich nehme diesen Wein.

Habe ihn gesoffen.

Einen Cheib bekommen wie ein Bauernhaus. Gottverdeckelnundedie!

Dann sei er ins Nest, man sage ins Bett.

Dann am Abend seien sie ihn wecken gekommen.

Hätten gesagt: Hör mal. Du bist wieder voll wie eine Haubitze!

Sage er: Ist gut. Ich bin voll.

Jetzt kann ich sagen: Ich habe von Lützelflüh einen Liter erhalten, und dieser Cheib ist bezahlt. Jetzt habe ich die Wahl, zu saufen.

Und das nächste Päckli habe er auch refüsiert. Sei ins Büro gegangen.

Sage der Verwalter: Jetzt nehmt dieses Päckli und fertig.

Ich will nichts von diesem Zeugs!

Das Gebäck habe er heute noch.

Das schicke er das nächste Mal zurück.

An Weihnachten gehe er mit einer Flasche Wein in den Wald.

Mache Waldweihnachten.

Robert Walser war, wie ich bei Robert Mächler gelesen hatte, im Alter von einundfünfzig Jahren in die Heilanstalt Waldau in Bern eingetreten, weil er deprimiert war und Stimmen hörte.

Dreieinhalb Jahre später wurde er nach Herisau verbracht, in die Heil- und Pflegeanstalt seines Heimatkantons

Appenzell-Ausserrhoden, wie das nach schweizerischem Recht üblich ist.

Gerät man in der Schweiz in Not, ist der Heimatkanton zuständig. Der Ort, aus dem die Vorfahren stammen, auch wenn man selber nie dort gelebt hat.

Geschrieben habe Walser in Herisau nichts mehr. Dreiundzwanzig Jahre lang.

Mit seinem Vormund Carl Seelig, einem in Zürich wohnenden, aus einer Seidenfärberei-Familie stammenden Journalisten und Schriftsteller, unternahm der nicht mehr schreibende Dichter zwei oder drei Mal im Jahr lange Wanderungen.

Die ausführlichen Gespräche, die er mit seinem Mündel führte, hielt der Vormund, der zu einem Freund des Dichters geworden war, in einem Wanderbüchlein fest und veröffentlichte sie später unter dem Titel „Wanderungen mit Robert Walser".

Walsers Reden hatte einen Zweck erfüllt.

Was bezweckte Loser mit seinen Reden?

Bezweckte er etwas?

Bezweckte er nichts?

Er komme sonst mit dem Verwalter gut aus.

Der wisse ja Bescheid. Habe ihn einmal arbeiten gesehen im Wald. Sei an ihm vorbeigegangen.

Und einmal, dort am Berg oben, seien sechs, sieben Herren bei ihm gewesen.

Da sei er neben ihn gekommen. Sage zu einem der Herren: Hört mal. Hört mal her, Männer. Der, der jetzt kommt, ist ein ganz armer Mann.

Da habe er für sich gedacht: Du machst mich ja arm. Habe er gedacht. Um nicht zu sagen: Der macht mich arm.

Am nächsten Tag komme, seiner Seel, die Frau Streit zu ihm. Vom Büro. Von der Verwaltung.

Hans. Mit deinem Rücken arbeitest du so!

Sage er: Das ist doch dem Rücken gleich. Der spürt nichts, wenn ich arbeite.

Dann sage der Schori: Der hat noch nie Schmerzen gehabt. Der tut nur so.

Aber die habe es gewußt. Die Frau Streit.

Die Röntgenbilder seien ja in der Poliklinik. Medizinischen Poliklinik.

Und die hätten gesagt, es stimme auch. Das mit seinem Rücken.

Herrjessesgott.

Da frage der Rücken nicht danach, wenn er arbeiten könne.

Eine Weile sitzen, aufstehen. Das knalle gerade.

Könne nichts machen, wenn er eine Weile sitze.

Aber wenn er etwas arbeiten könne, strecken dazu, spüre er nichts.

Im Bett habe er auch Schmerzen. Noch im Liegen.

Habe ihm der Doktor gesagt, er müßte auf einem Brett liegen. Einem breiten.

Habe es dem Verwalter gesagt.
Was willst du jetzt mit einem Brett?
Unter dem Deckbett. Unter der Matratze. Das Brett.
Er würde eben gerade direkt auf dem Brett liegen sollen, mit dem Rücken.
Aber wenn sie ihm nie ein Brett geben wollten.
Es müsse so sein.
Fertig.

In der Wirtschaft in Mühledorf saß die Wirtin in der Gaststube an einer elektrisch betriebenen Mange und ließ frisch gewaschene Kleidungsstücke, die sie in einem Weidenkorb neben sich stehen hatte, durch die mit einem leisen Geräusch laufende Maschine gleiten.

Außer der Frau befand sich niemand in dem Raum, in dem es nach frisch gewaschener und frisch gebügelter Wäsche roch.

Als wir eintraten, drehte die Frau den Kopf und grüßte, wobei sie Loser, als einem wahrscheinlich häufig gesehenen Gast, den Vornamen gab.

Die mittelgroße, dicke Frau, die ihre grauen Haare hinter dem Kopf zu einem Knoten zusammengebunden hatte, ließ das Tischtuch, das in der Mange steckte, zu Ende durchlaufen, erhob sich, kam an den Tisch und fragte, was man gern hätte.

Ja, das komme jetzt auf ihn an. Er kenne ihn ja nicht.

Den Namen könne er nicht sagen.

Roten lieber?

Roten nehmen?

Ja, „nehmen" dürfe man nichts.

Wollen wir Algerier?

Das ist der Beste für mich. Das ist etwas Rechtes.

Aha. Am neunten November wäre Ziehung. Heute.

Jetzt komme aus, ob er etwas gewonnen habe. Zwei habe er genommen. Null und Neun Endzahl. Er würde wollen, er würde etwa Zehntausend haben.

Morgen erst?

Heute sei erst der achte?

Aber die seien fort heute. Die Lose.

Er glaube nicht, daß da noch welche seien. Das sei vorbei, habe er das Gefühl. Am letzten Tag.

Es sei bald Zeit, daß es Geld gebe, drüben.

Kassensturz machen.

Aber jetzt müßte er dann wieder zum Erwin.

Das sei auch ein Hundsmillion, dieser Winu.

Habe gesagt: Um halb neun Uhr mußt du dort sein. Ich komme dann.

Um halb neun sei er dort gewesen.

Winu nicht gekommen.

Denke er: So. Was soll ich machen?

Habe an den Baumstämmen herumzumachen begonnen. Zwei geschält.

Jetzt habe er eine Woche gewartet und gedacht, er sehe ihn gelegentlich.

Aber er müsse morgen wahrscheinlich zu ihm hinuntergehen.

Nachdem die Wirtin zur Mange zurückgekehrt war, um weitere Wäschestücke durchlaufen zu lassen, warf sie ab und zu einen Satz in Losers Rede, der recht gute Kenntnis von dessen Person verriet.

Sie habe gemeint, sagte sie, er sei schon beim Winu gewesen.

Worauf Loser erwiderte, daß er am Dienstag nach Neukirch gegangen sei. Sperrgutabfuhr.

Aha, meinte die Wirtin. Durchsuchen gegangen.

Jetzt habe er dort auch Ware.

Ein Paar schwere, währschafte Schuhe. Skischuhe.

Die seien noch neu.

Letztes Jahr habe er dem Iseli ein Paar verkauft.

In Bachwil.

Dreißig Franken.

Diese Woche habe er ihn gesehen.

Sage er zu ihm: Du. Sind diese Schuhe noch gut?

Ja. Die sind noch gut. Ich bin zufrieden mit dir!

Heute habe er ihm die Skischuhe angeboten.

Jetzt seien die ihm ein klein, klein, klein bißchen zu klein gewesen.

Sage der: Schade. Das wären gute Schuhe. Währschafte Schuhe.

Aber die würden schon weggehen.

Da habe er keine Angst.

Er mache gelegentlich ein Geschäft.

Habe noch ein Paar Neununddreißiger.

Die sollten auch weggehen.

Er geschäfte immer ein wenig.

Die, die in der Anstalt zwei Fränkli erhielten, in vierzehn Tagen. Das sei ja nichts.

Und wenn sie einmal fünfzig Franken hätten, würden sie nach acht Tagen schon wieder nichts mehr haben.

Jetzt müsse er diese Woche wieder zum Rohrer.

Er hätte heute schon gehen sollen, wenn es günstig gewesen wäre.

Müsse dort Erde umgraben. Zwei Gartenbeete.

Dann müsse er noch in die Grube gehen. Material hineinleeren.

Es sei immer etwas los.

Die, die in acht Tagen nichts mehr hätten, das seien die sogenannten Schnapsbrüder.

Drei Dezi saufen.

Jetzt sei die Frau Stähli ja wieder da. Im „Hirschen".

Im Gasthof neben dem Heim.

Sei wieder auf den Beinen.

Aber sie hätte die vier Jahre nicht mehr unterschreiben sollen.

Sie könne ja nicht mehr richtig gehen.

An einem Abend habe sie fast nicht mehr vorwärts gekonnt.

Sage er zu ihr: Was wollt Ihr jetzt noch wirten. Wenn Ihr nicht mehr gehen könnt.

Muß einfach. Muß einfach.

Was wollt Ihr noch arbeiten? Ihr habt ja Geld genug.

Es gehe einfach nicht.

Die könne das nicht.

Sie müsse etwas arbeiten.

Die würde doch, seiner Seel, irgendwo privat sein können.

Eine Wohnung haben.

Wie die Tochter auch.

Die sei nicht mehr in Oberschwanden.

Sei wieder verheiratet.

Ob sie denn nicht Heiratsverbot erhalten habe, fragte die Wirtin. Sie habe gemeint, es würde Heiratsverbot geben, nach der Scheidung.

Bei der vielleicht nicht.

Die habe sich nicht mehr beherrschen können.

Da habe wieder etwas gehen müssen.

Seiner Seel.

Kaum geschieden, heirate man wieder.

Und dann das Kind.

Manchmal habe es die Mutter. Machmal die Dorle. Oder er wisse nicht wer.

Wenn sie wieder verheiratet sei, müsse sie es, denke er, zu sich nehmen.

Oder der Mann müsse es nehmen. Eins von beiden.

Im Heim hätten sie auch gesagt, das sei eine merkwürdige Menagerie.

Ob der dann vielleicht sage: Ich will es nicht. Sorg du dafür.

Geld genug halt.

Der sei ja reich.

Aber jetzt frage sie dem Reichsein nichts mehr danach. Der sei ihr zu alt.

Vorher habe sie das Geld heiraten wollen. Nicht ihn.

Sie habe gedacht: Wenn ich das Geld habe, spielt es keine Rolle.

Dann kann ich leben.

Geld mache glücklich. Ja.

Jetzt würde sie arbeiten gehen.

Hätten sie erzählt.

Aber sie könne auf alle Fälle nicht arbeiten gehen, wenn sie das Kind habe. Oder?

Es werde eben viel erzählt.

Manchmal.

Ein Mann in blauen Überkleidern und einem kleinen hellbraunen Hut aus Manchesterstoff auf dem Kopf betrat die

Gaststube und wurde von Loser zunächst mit Ramsauer, dann mit Ramseier begrüßt.

Als die Wirtin sich zu dem Mann begab, um seine Bestellung entgegenzunehmen, fragte ich Loser, ob er nicht einmal auch in einer Metzgerei oder in einem Schlachthaus gearbeitet habe.

Auf das Blut und das Bluttrinken, das Trinken von Kälberblut, von dem er im „Schützen" erzählt hatte, wollte ich ihn nicht ansprechen, hoffte aber, daß meine Frage ihn daran erinnerte und daß er deshalb noch mehr darüber berichten würde.

Da der kleine alte Mann mit den hellen blauen Augen heute nur von dem Blut gesprochen hatte, das in ihm zirkulierte und das vielleicht krank, vielleicht gesund war, befürchtete ich, daß er vom Bluttrinken nichts mehr sagen wollte, so daß ich über eine, wie mir schien, wichtige Begebenheit in seinem Leben schließlich nichts wissen würde.

Denn daß das Bluttrinken wichtig war, bewies mir der Umstand, daß die Schilderung des Vorgangs, die ich gehört hatte, überhaupt erst den Anlaß für meinen jetzigen Besuch bildete.

Und an der Wahrheit der Schilderung zweifelte ich nicht.

Kuttlerei. In Langnau.

Beim Blaser. Im Schlachthaus sei er gewesen.

Es sei schade, daß er das nicht habe durchhalten können.

Das seien jetzt etwa zehn Jahre her. Habe es nicht durchhalten können.

Warum?

Er habe wegen den Nieren aufhören müssen. Der Doktor Vögeli habe es gesagt.

Das sei unten kalt. Da friere es einen an die Füße. Obwohl er Holzschuhe getragen habe.

Und oben sei es heiß. Man schwitze.

Und dann die Kutteln.

Er habe es nicht durchhalten können.

Zum Doktor Vögeli gehen müssen.

Habe der gesagt: Aufhören. Das ist nichts für dich. Das kannst du nicht durchhalten.

Aufhören müssen. Sei schade gewesen.

Der, der vorher darauf gewesen sei, dieser Kuttler, habe auch aufhören müssen, wegen den Nieren.

Habe zum Doktor müssen.

Habe der Doktor gesagt: Mußt aufhören.

Dann sei er in eine Färberei gegangen.

Und sein Vorgänger, der habe die Kuttlerei betrieben und daneben noch eine Wirtschaft übernommen.

Ein Gasthaus und eine Kuttlerei. Zugleich. Wirten und kutteln.

Aber er habe es nicht prästiert.

Habe aufhören müssen.

Dann habe er gesagt: Was soll ich jetzt machen?

Das würde ihm noch lange gefallen haben.
Am Sonntag immer Kutteln.
Und die Woche hindurch Kutteln.
Und Kutteln ausliefern.
In die Wirtschaften.
Da habe er immer etwas verdient.
Wenn er das hätte auslernen können, damals, regelrecht, wäre er jetzt ein gemachter Mann.

Das sei merkwürdig.
Ein Teil gehe gut, der andere gehe nicht.
Nach der Schule habe er das Melken gelernt.
In Landiswil. Beim Schafroth. Gebrüder Schafroth.
Zusammen einen Hof. Zwei Brüder.
Da habe er vierzehn Stück gemolken.
Am meisten habe er in Rüfenacht gemolken.
Rüfenacht bei Worb. Flückiger Fritz. Viehhändler.
Achtzehn.
Jetzt hätten sie Melkmaschinen.
Einer, der sieben, acht, zehn Kühe habe, habe eine Melkmaschine.
Ihre drüben hätten auch Melkmaschinen.
Heimatland. Siebzig Kühe!
Hundertfünfzig Jucharten Land.
In Burgdorf sei er auch gewesen.
Beim Bruder von dem von der Rothöchi.
Die sei ja gestern abgebrannt.

Ob man es gelesen habe?
Dem seine Kühe hätten die Pocken gehabt.
Da habe er gesagt: Wie soll ich die Cheiben melken, wenn sie Pocken haben?
Ob man wisse, was Pocken seien?
Das seien Schorfe. Spitze Cheiben.
Er sei an den Händen wund gewesen.
Habe nicht mehr melken können.
Habe so müssen. Mit der vollen Hand.
Potz Heilanddoria!
Aber damals habe er geflucht.
Pocken!
Da würden sie immer sagen: Das gibts gar nicht.
Man solle sich das einmal vorstellen.
Das sei verrückt, wenn man die Pocken an den Kühen, an den Strichen habe. An den Zitzen.
So spitze Blasen.
Wenn man darüber hinunterstreiche und es dann weh tue.
Das ist verrückt.
Überhaupt hätten sie schlechte Milch gehabt, die ganze Zeit.
Der Milchhändler habe gesagt: Wie ist das? Schlechte Milch! Die ganze Zeit schlechte Milch!
Ich kann nichts dafür.
Das sei saurer Boden. Moosboden.
Da könne man nichts machen.

Sage der Viehhändler: Und diese Milch geht in die Stadt!
Die Leute würden reklamieren.
Ich kann nichts dafür.
Er kühle sie immer im Brunnen. Stelle den Kessel in den Brunnen.
Dann komme sie ins Sieb.
Trotzdem saure Milch.
Das sei von den sauren Wurzeln.
Aber dann habe es auf einmal umgeschaltet.
Gerade, wie wenn man den Boden umgegraben hätte.
Sie hätten ein Mittel gestreut.
Dann habe es normales Gras gegeben.
Von da an habe er normale Milch gehabt.
Nichts mehr gewesen.

Aber eben.
Das Melken habe er aufgeben müssen.
Er habe kuhwarme Milch getrunken.
Zum Doktor müssen.
Sage der Doktor: Was macht Ihr?
Kuhwarme Milch trinken.
Hör auf!
Habe aufhören müssen, ob er wollen habe oder nicht.
Das sei schade, wenn man etwas nicht erleiden könne, und man einen schönen Lohn hätte und schön verdienen würde dabei.
Jetzt mache er nur, was er wolle.

Zwingen würden sie ihn nicht mehr können, zu arbeiten.
Drüben. In Pfründisberg.

Aber er müsse noch seine Schulden bezahlen. Bei der Frau Gerber hier.

Das Geld komme mit der Post.

Morgen, habe er das Gefühl.

Das letzte Mal hätten sie es am siebten erhalten.

Heute sei der achte.

Vielleicht warte der bis am zehnten.

Der Pösteler.

Das sei ungleich.

Dann gebe es morgen wieder solche, die sie einsammeln gehen müßten, mit dem Auto.

Die würden in den „Schützen" gehen.

In den „Bären" oder die „Linde".

Dann würden denen zehn Fränkli abgezogen von der Rente.

Je weiter unten, je schlimmer.

Die, die von Schöpflingen heraufgeholt werden müßten, müßten zwanzig zahlen.

Dieses Geld würde sie reuen, meinte die Wirtin. Da würde sie lieber heimgehen.

Wenn sie nicht Hirn haben!

Sie hätten nicht Hirn.

Die müßten saufen.

Und dann würden sie ins Auto geworfen.

Diese Arbeit müsse auch bezahlt sein.

Einer von Luzern habe es erfahren, als sie ihn in Schöpflingen hätten holen müssen und er eine Bränte gehabt habe. Einen Suff.

Sie hätten ihn ins Auto geworfen.

Dann habe er noch das Auto verkotzt.

Wenn er das Auto nicht verkotzt hätte, hätte es vielleicht weniger gekostet.

Zwanzig Schtutz. Päng. Da hast du den Dreck.

Ihm habe die Frau Streit letzthin gesagt: Schau, Hans.

Was ist? Ein Liebesbrief?

Habe sie gelacht. Bist immer noch der gleiche!

Ja. Bin immer noch der gleiche.

Sage sie: Schau, was da unten steht.

Ou! Jetzt habe ich auch noch einen Schein bekommen!

Hast du denn nicht gewußt, daß du voll gewesen bist?

Habe es nicht gewußt.

Im „Schützen" unten.

Bist du voll gewesen? fragte die Wirtin.

Das sei jetzt schon lange her.

Er sei in den „Schützen" gegangen.

Da sage die Frau: Hinaus mit dir!

Komme die Kellnerin, die Wirtstochter, die Schwester: Hinaus mit dir!

Sage er: Ich bin nicht voll. Habe er höflich gesagt.
Komme der Wirt.
Ich bin nicht voll.
Wenn du nicht hinausgehst, werfe ich dich hinaus!
Aber nicht du wirfst mich hinaus. Du Magerer. Du Mägerli!
Der Münger Hans sei auch dort gewesen. Habe zu lachen begonnen. Sage zum Wirt: Da könnte vielleicht der Falsche hinausgeworfen werden!
Macht der Wirt: Der Landjäger ist nicht weit!
Sage er: Den kenn ich besser als Ihr!
Dann sei er gegangen.
Habe zu denen gesagt: Ich gehe.
Als er hinausgekommen sei, sei schon das Auto dagestanden.

Ob es denn spät gewesen sei? wollte die Wirtin wissen.

Etwa neun Uhr. Das Auto schon draußen. Einsteigen!
Sage die Frau Streit: Hans, glaubst du immer noch nicht, daß du voll gewesen bist?
Und später, als er wieder in den „Schützen" habe gehen wollen, sage das Bethli: Komm, geh hinaus. Ich gebe nichts mehr.
Jetzt würden sie einfach schnell hinauffunken.
Auf einen Knopf drücken.
Dann schelle es droben.

Dann würden sie abheben.

Dann habe man den Dreck.

Dort gehe er nicht mehr hinein.

Er habe dem gesagt, er werde auch keine hundert Kilo Salz fressen in diesem Wirtshaus.

Er verlumpe vorher.

Jedenfalls der „Schützen", der sei so.

Er möge einfach die Pfründisberger nicht.

Aber dann dieser Luzerner.

Wenn der mit dem Poschettli komme.

Setze sich immer dorthin, wo die besten Herren seien. Und wolle Gnagi essen und Zeugs und Geschichten.

Großartig tun.

Jetzt könne er auch nicht mehr.

Sie würden ihn auch nicht mehr wollen.

Die würden lieber sagen: Hinaus! Abfahren!

Dann gehe er halt in die „Linde".

Zum Vreneli.

Die nehme ihn.

Das Vreneli habe den Hansli aber auch nicht mehr gern, meinte die Wirtin. Den will ich nicht mehr, den Loser. Wegen dieser Täschchen-Geschichte. Dem Portemonnaie-Gerede. Hans, bist du wieder hereingekommen, um etwas zu –

Jaja, necken tue sie ihn immer noch.

Da sage er: Neck mich nur.

Du kannst mir sagen, was du willst. Ich werde nicht wütend. Aber einmal mußt du aufhören. Einmal muß man aufhören zu necken.

Mußt nicht immer nur necken.

Dieses cheiben Necken.

Aber das sei schon lange her, daß er im „Schützen" gewesen sei, als man auch dort gewesen sei.

Als man ihn zum ersten Mal gesehen habe.

Seither sei er ja nicht mehr im „Schützen" gewesen.

Er gehe nicht mehr hinein.

Die müßten nicht meinen, man wolle hineingehen, ein Bier trinken oder einen Zweier.

Er gehe lieber in den „Bären". Oder in die „Linde".

Der Bärenwirt sei noch gut. Ein Guter.

Habe noch Verstand.

Er ziehe die Langeweile manchmal schon in die Kürze. Schalte um.

Habe es nicht wie seine Brüder.

Habe jetzt zwei, drei verloren.

Einer habe sich zu Tode gelacht.

Einer Herzinfarkt.

Der Älteste.

Und der zweite, der wäre er.

Und der dritte, der habe sich zu Tode gelacht.

Der, von dem er einem erzählt habe.

Sich aufgehängt.

Habe fünfundachtzig Kilo gemacht.

Und sie, seine Frau. Eine schwere Haushaltung. Habe über hundert Kilo gemacht.

Eine Schneiderin. Witfrau.

Er sei einmal hinauf, nach Zollbrück.

Dann, als er droben gewesen sei, sage jemand, sie habe gesagt, er brauche jetzt nicht zu kommen.

Sage er: Warum soll ich jetzt nicht kommen?

Ja, wenn er schon ein Bruder sei. Er brauche nicht zu kommen. Er sei ja freilich sieben Jahre bei ihnen gewesen. An Kost und Logis. Und er sei ein guter Bursche gewesen. Aber er brauche jetzt nicht zu kommen.

Da habe er gedacht: Ja, in dem Moment. Dann geh ich nicht.

Dann sei er zu seinen anderen Verwandten gegangen, in Zollbrück. Brönnimann. Coiffeur.

Vaterseite. Eigentlich Mutterseite. Mutters Schwester.

Aber die würden jetzt schon alle nicht mehr leben.

Es seien drei gewesen. Alle gestorben.

Jetzt seien nur noch die Jungen da.

Die Kinder.

Einer sei Coiffeur.

Und einer habe geheiratet. Sei Bauer.

Einer gehe auf den Bau. Losinger.

Und einer sei Knecht bei einem Bauern.

Und dann eine, die sei ledig.

Sie habe mit einem Reichen karisiert, aber der sei ihr noch zu wenig reich gewesen.

Sie würde lieber einen gehabt haben, bei dem sie hätte hineinsitzen können und nichts hätte arbeiten müssen.

Habe einen anderen aufgegabelt.

Das sei auch nichts gewesen.

Habe sie auch nicht wollen.

Zuwenig reich.

Dann sei sie ledig geblieben.

Mache neunzig Kilo.

Da könne man sehen.

Immer nur das Geld.

Die sei auch eine gewesen, die lieber nichts gearbeitet hätte.

Nicht einmal das Nachtessen kochen.

Oder überhaupt nicht aus dem Bett.

Jetzt sei sie bei einem Bruder. Müsse kochen.

Dort lehre es sie jetzt arbeiten.

Nachtessen kochen. Morgenessen kochen. Mittagessen kochen.

Daneben habe sie es nicht bös.

Bei einem Coiffeur. Beim Bruder.

Herjessesgott.

Als er in Zollbrück gewesen sei, sei er noch zu ihr gegangen. Die habe ihm zwei Fränkli gegeben.

Habe Bedauern gehabt.

„Sich zu Tode gelacht." Nach der ersten Begegnung mit Loser hatte ich einige Zeit gebraucht, bis ich verstand, was er mit der Wendung meinte.

Spontan hatte ich angenommen, es handle sich um eine Redensart, mit der in einem übertragenen Sinn allgemein eine Todesart bezeichnet wurde, bei der ein Mensch an der Absurdität oder einem Widersinn des Lebens zugrunde ging.

Merkwürdig war mir nur immer wieder der Baum vorgekommen. Der Kirschbaum. Und daß ein Polizist den Toten gefunden hatte.

Bis mir Wochen später blitzartig klar geworden war, daß Lachen in diesem Fall als naheliegender Vergleich für den Gesichtsausdruck gebraucht wurde, den ein Mensch annahm, der sich aufgehängt hatte.

Eine verzerrte Fratze mit einem für alle Ewigkeit lachenden Mund.

Vom Bluttrinken redete Loser weiterhin nicht.

Auf indirekte Weise dafür wieder vom eigenen Blut.

Vom Blut seiner Verwandten und seiner Vorfahren.

Nein, die Mutter lebe schon lange nicht mehr.

Schon ewig.

Schon seit mehr als dreißig Jahren.

Der Vater auch.

Sei Dachdecker gewesen. In Rüderswil.

Er sei ein gebürtiger Rüderswiler.

Geschwister habe er: den Hans-Köbu, der sei bei einem Großbauern in Ins.

Der Ernst sei tot.

Der Fritz sei tot.

Der Junge sei tot.

Der Gödu sei in Langnau.

Das sei eben der Gipfel.

Wenn einem niemand mehr haben wolle.

So sich selber überlassen sei.

Sich selber sein müsse.

Einsam und verlassen, wie man sage.

Sonst: der Alfred sei in Oekingen.

Kanton Solothurn.

Sechs Kinder.

Eines sei, glaube er, hinauf.

Er gehe in die Von Roll. Gerlafingen. Firma Von Roll. Hammerschmiede.

Habe eine krumme Wirbelsäule.

Müsse einen Gipsband tragen beim Arbeiten.

Damit der Rücken halte.

Und dann der Junge. Der Sohn. Der sei jetzt aus der Schule.

Was der mache, wisse er nicht.

Die anderen würden alle noch zur Schule gehen.

Heimatsternenföifi.

Und der Älteste, der gestorben sei, der habe drei gehabt.

Jetzt sei die Frau auch gestorben.

Und er sei auch gestorben.

Auf seiner Seite würde bald niemand mehr sein.

Niemand mehr, der noch auf seiner Seite stehe.

Bald allein.

Müsse selber schauen.

Wie es etwa gehe.

Wenn niemand mehr sei.

Jedenfalls bis dato sei es immer noch gegangen.

Werde auch weiterhin gehen.

Darum trinke er immer roten Wein.

Das sei so sein Ding.

Roter Wein.

Es gebe Tage, Wochen, da trinke er jeden Tag einen Liter.

Wenn er das Geld habe.

Herjessesgott.

Je länger Loser sprach, desto mehr verstärkte sich in mir das Gefühl, daß der kleine alte Mann sich wie schon im Besucherzimmer des Heims nun auch hier, im Wirtshaus in Mühledorf, trotz des Weins, den wir tranken, weniger frei äußerte als im „Schützen", als ich ihn zum ersten Mal gesehen hatte.

Denn vom Bluttrinken, davon, daß er Blut getrunken habe, wollte er nichts mehr wissen. Unter keinen Umständen, wie es schien.

Vielleicht, weil hier andere Leute um ihn waren, vielleicht wegen der Wirtin, vielleicht wegen dem Mann mit dem hellbraunen Manchesterhut. Vielleicht, weil ich selber nun kein anonymer Gast in einer Wirtschaft mehr für ihn war.

Vielleicht allerdings auch, weil ich ihm, wie schon der Heimleitung, erzählt hatte, daß ich Bücher schreibe.

Aber es hatte mir geschienen, daß ich nicht nur dem Heim, sondern auch ihm einen Grund für meinen Besuch geben müsse. Und gerade ihn hatte ich nicht belügen wollen.

Wahrscheinlich hätte der alte Mann sich aber auch nicht anders verhalten, wenn ich nichts zu ihm gesagt hätte.

Denn irgendeine Absicht hätte er auf jeden Fall hinter meinem Besuch vermuten müssen. Und das zu Recht.

Als sein Glas und die Halbliterglasflasche, die vor uns stand, leer waren, wurde er denn auch sofort unruhig und wollte, ohne etwas wegen des Weins zu sagen, wissen, was nun geschehe.

Ob sie umorgeln wollten? Noch woanders hin?

Oder was sie wollten?

Noch einen Halben nehmen?

Auf Eure Rechnung?

Ja, wenn man so gut sei.

Man habe ihn hierhergebracht. In diese Wirtschaft. Das stimme.

Aber das bringe einen ums Geld.

Er brauche manchmal auch, er könne nicht sagen viel.
Wenn er einen halben Liter nehme.

Das seien doch immer drei Franken fünfzig.

Immerhin.

Drei achtzig, korrigierte ihn die Wirtin. Ob er das nicht wisse. Es sei doch angeschrieben.

Der Lagreiner sei drei achtzig.

Der Algerier drei fünfzig.

Sie solle schauen.

Der Ziegelrieder sei immer noch der billigste hierdurch. Weit und breit. Der „Ochsen"-Wirt in Ziegelried.

Der gebe ihn für drei Franken.

Warum der ein halbes Fränkli weniger verlangen könne?

Das komme darauf an, wo er ihn kaufe?

Er habe gemeint, Algerier sei Algerier.

Der nehme ihn dort, wo man billiger sei.

Das wird stimmen.

Er sei schon eine Weile nicht mehr bei ihm gewesen.

Er habe noch die Pelzkappe bei ihm.

Jedesmal lasse er den Cheib liegen.

Wenn er nur schon einen Halben gehabt habe oder ein Bier.

Dann sage die Liselott: Du hast doch diese Kappe auf dem Schoß gehabt.

Und jedesmal, wenn du sie auf dem Schoß hast und sie auf den Boden fällt, läßt du sie liegen.

Sage er: Dann geht es dir wieder gut. Um vierzig Rappen!

Sage sie: Du bist ein Guter. Bist ein guter Hans. Wenn ich für vierzig Rappen deine Kappe hüten kann.

Er gebe ihr vierzig Rappen.

Oder ein halbes Fränkli.

Dann sage sie: Hör mal. Ich will kein halbes Fränkli. Du bist sonst schon ein Blamierter. Und krank.

Das weiß ich, daß ich krank bin.

Sage sie, sie würde auch krank sein.

Sage der Alte, der Wirt: Ja. Im Kopf oben.

Sage er: Ja, er auch.

Er sei auch im Kopf oben krank.

Dort habe er einmal einem den Pullover zerrissen.

Am Ranzen, die Brust hinunter, habe er ihm den Pullover zerrissen.

Einer habe den aufgestachelt. Und auf einmal habe ihm der einen Cheib aufs Maul gehauen.

Aber es habe ihm nichts gemacht.

Dann habe er den gepackt und dem gerade den Pullover zerrissen.

Potz!

Dann komme der Wirt.

Halte ihm den Arm. Den rechten.

Die Wirtin den linken.

Als es getätscht habe, würden die gedacht haben, jetzt müssen wir doch dem den rechten Arm halten und den linken.

Sonst schlägt der alles zusammen. Reißt dem noch die Kleider vom Hintern!

Der habe also gewackelt.

Und es würde nicht viel gefehlt haben, da wäre der umgefallen.

Würde er dem den Pullover ganz zerrissen haben.

Der Krähenbühl habe zu ihm gesagt: Du, Hans. Bist auch ein Grobian. Du hättest dem ja bald den Pullover zerrissen.

Sage er: Ja, gekracht hat er.

Sage der: Du bist ein wenig ein Ungeheur. Du Cheib.

Wo er denn diese Kraft hernehme, wollte die Wirtin wissen. Wenn sie nichts zu essen bekommen würden. Drüben. In Pfründisberg. Im Heim.

Das komme vom roten Wein, den er trinke.

Und vom Biomalz, das er immer esse.

Er nehme viel Biomalz.

Das sei auch ein altes Mitteli, meinte die Wirtin. Dieses Biomalz. Für die Kinder habe man das gehabt. Den Winter hindurch und im Frühling habe man das genommen.

Mit Eisen. Das sei gesund.
Das stärke den Körper.
Das gebe gute, gesunde Nerven.
Eine Zeitlang habe er Kokotabletten gegessen.
Die habe er in der Apotheke gekauft.
Kokotabletten.
Das sei von Afrika.
Das seien so Nüsse. Wie man sage. So etwas.
Da habe er eine Kraft gehabt.
Er glaube, er hätte den Teufel aus der Hölle reißen können.
Die seien braun gewesen.
Wie Kakao.
Kokosnußtabletten.
Da habe er gespürt, daß das gut sei.
In den Nerven.
Er habe schlafen können wie ein Murmeltier.
Die habe ihm der Fornio empfohlen.
In Langnau. Doktor Fornio.
Das sei ein Oberst gewesen.
Sanitätsoberst.
Er wisse nicht, ob man die noch erhalte.
Seien teuer.
Jetzt esse er nur noch Traubenzucker.
Vor vierzehn Tagen habe er eine Viererpackung gekauft.
Das erhalte ihn noch etwas.
Aber schlafen könne er trotzdem nicht.
Warum?

Das sei nicht für den Schlaf.
Das peitsche eher auf.

Die müsse er am Vormittag nehmen, sagte die Wirtin. Und dann am Abend keine mehr.

Nein. Am Abend keine mehr.
Er nehme eben am Abend auch noch.
Das peitsche die Nerven auf.
Da könne man nicht mehr schlafen.
Er könne die halbe Nacht nicht mehr schlafen. Das seien zwei, drei Stunden. Dann sei fertig.
Aber wenn man solche im Zimmer habe, die immer nur die ganze Nacht: Ch-ch-ch, ch-ch-ch.
Und so bis um zwölf, eins, zwei.
Schwatzen im Nest.
Da könne man nicht schlafen.
Da müsse man ja schon tot sein.

Irgendeinmal während seines Redens hatte ich im Ausdruck der hellen blauen Augen, die alles, was er erzählte, gesehen und erlebt hatten, dann Losers Ähnlichkeit mit Robert Walser zu erkennen geglaubt.
Die Ähnlichkeit mit einem anderen Anstaltsinsassen. Die Ähnlichkeit mit jedem Anstaltsinsassen.
Es gab, bis auf die blauen Augen, keine besondere Ähnlichkeit dieses Mannes mit Robert Walser.

Ch-ch-ch. Ch-ch-ch. Ch-ch-ch.
Jeden Abend sei der voll.
Am Montag erhalte er zehn Fränkli.
Und bis am Mittwoch, Donnerstag habe er Geld.
Am Freitag habe er nichts mehr.
Der saufe jeden Tag gut einen Liter Wein.
Der sei einer von denen, die die fünfzig Franken nicht auf einmal erhalten. Der erhalte jeden Montag zehn.
So komme er um zehn zu kurz.
Er habe reklamiert. Zusammengerechnet und gesagt: Wie tut das? Andere erhalten fünfzig. Ich nicht?
Im Büro gemeldet.
Das macht im Jahr, jeden Monat zehn weniger, zehn Monate, zehn Franken weniger, macht hundert Fränkli. Dann sind immer noch zwei.
Hundertzwanzig Schtutz im Jahr weniger.
Ja, wer das nehme?
Da sei irgendwo ein Haken.
Ob das der Vormund nehme?
Oder ob da vielleicht eine Schwester oder ein Bruder seien, die das einziehen würden?
Auf die Kost würden sie es nicht anrechnen können. Der sei dreiundsechzig.
Invalidenrentner.
Das nehme ihn Wunder, wer diese zehn Fränkli nehme.
Jeden Monat vierzig statt fünfzig.

Da würde die Verwaltung dann sagen können: Wir nehmen diesem Hans zehn. Diesem Hansli. Diesem Loser Hans!

Die müßten ihm diese fünfzig Fränkli geben.

Da gebe es nichts zu erzählen.

Sie würden ihm nichts nachweisen können.

Nichts. Nirgends nichts.

Aber der sei eben ein Säufer.

Saufe einfach.

Hundertzwanzig Franken im Jahr.

Das nehme jemand anderes.

Der Verwalter nehme es nicht.

Und für das Bauen würden sie es auch nicht nehmen können.

Es seien neunzehn Millionen bewilligt für das Bauen drüben.

Sie würden sagen: Bis es fertig ist, kostet es fünfundzwanzig.

Dürften doch einem Pflegling nicht zehn Fränkli abziehen, wenn sie bauen.

Dafür seien die reichen Ämter da.

Amt Burgdorf. Amt Trachselwald. Amt Fraubrunnen. Drei.

Lützelflüh sei ja die reichste Gemeinde im oberen Emmental. Er sei auch von dort. Von dieser Gemeinde.

Deshalb komme er zur Frau Gerber hier. Und zum Fritz.

Weil er immer Geld habe.

Jetzt müsse er wieder in den Wald gehen.

Baumstämme schälen.

Habe noch etwa dreihundert Schtutz zugut.

Wenn er sie nur schon hätte.

Morgen müsse er wieder arbeiten gehen wie ein armer Cheib. Daß er Schweißtropfen kriege wie Erbsen.

Heute abend gehe er zu ihm.

Mit ihm reden.

Das sei ein cheiben Zeug, wenn man in Pfründisberg sein müsse.

Ein cheiben Zeug, wenn man in Pfründisberg sein muß.

Zum zweiten Mal.

Und alles nur wegen dem Blut, das nicht in Ordnung sein solle. Schon seit mehr als dreißig Jahren.

Das ist doch verrückt.

Das ist doch verrückt. So etwas.

Draußen begann es einzudunkeln, und in der Gaststube wurde es finster, als durch eine Tür, auf der *Privat* stand, ein dicker Mann eintrat, der einen Stumpen rauchte und von Loser mit „Grüß Dich, Herr Direktor von der Makkaronifabrik" angesprochen wurde.

Ob der wieder den Schnorrer habe, fragte der dicke Mann daraufhin in die Gaststube hinein. Wieder die ganze Zeit schwatze, vom Montagner.

Nicht vom Montagner, erwiderte Loser. Jetzt würden sie Algerier trinken.

So, Algerier, meinte der Mann, der ein bunt kariertes Hemd und eine dunkelbraune Strickjacke trug. Algerier, nicht Montagner.

Dann trat er hinter den Schanktisch, hielt einen Halbliterbecher unter den Zapfhahn und ließ Bier hineinlaufen.

Prost, rief Loser, noch bevor der Mann den Becher gefüllt hatte. Ob er gehört habe. Die Rothöchi sei verbrannt. Ob er etwa die Röte gesehen habe?

Am Morgen um sechs Uhr, als er kalte Füße gehabt habe, sagte der Mann, bei dem es sich um den Wirt handeln mußte, mit einem ironischen Unterton. Da habe er zum Fenster hinausgeschaut und sie gesehen. Die Rothöchi.

Ob er die Röte gesehen habe, fragte Loser, bevor er sein Glas hob und dem dicken Mann, der sich neben die Frau an der Mange gesetzt hatte, ein zweites Mal zuprostete.

Ihn nehme wunder, was mit dem Scheidegger sei.

Den hätten sie gestern ins Spital gebracht.

Nach Oberberg.

Leistenbruch.

Er habe gesagt: Du armer Cheib.

Wenn du einen Leistenbruch operieren läßt, kommst du nicht mehr auf.

Und ein anderer drüben würde sich auch operieren lassen müssen.

Wolle aber nicht nach Bern.

Jammere immer.

Jeden Tag.
Ein Luzerner.
Jammere immer.
Würde besser nach Bern gehen.
Sei schon gewesen.
Aber dann sei er fortgelaufen.
Als es sich darum gehandelt habe, daß er hätte operiert werden müssen.
Sei abgehauen.
Davongelaufen.
Dann sei er wieder zurück.
Hätten sie gesagt: Warum bist du davongelaufen? Jetzt kannst du wieder gehen. Wir wollen nichts mehr von dir wissen.
Jetzt jammere er immer. Stöhne.
Sage er: Du dummer Cheib! Was willst du jetzt?
Sage der, von einem dummen Berner lasse er sich nicht operieren.
Er habe ihm gesagt: Bist selber schuld.
Ihn hätten sie ja auch operiert.
Magengeschwür.
Sei jetzt dreißig Jahre her.
Deswegen würde er nicht drüben sein müssen. In Pfründisberg.
Er könne alles essen.
Nur, wenn er viel esse, ein bißchen ordentlich esse, habe er Beschwerden.

Das sei der Gipfel.

Seinetwegen brauche sie das Licht nicht anzudrehen, die Frau Gerber. Er sehe sie auch so!

Es sei nicht das.

Er könne alles essen.

Aber sobald er ein bißchen viel esse, tue ihm das weh.

Und das sei gerade der Gipfel.

Es brauche nichts, als daß es etwas Gutes zu essen gebe.

Robert Walsers Vorfahren, die Vorfahren aller Walser, sollen Menschen gewesen sein, die mit den Lebensbedingungen ihrer Heimat nicht mehr zufrieden waren.

Im Hochmittelalter seien sie aus dem deutschsprachigen Oberwallis ins Tessin, nach Oberitalien, Vorarlberg, Graubünden und ins Appenzellerland ausgewandert.

Sie hätten Höhen von Berglehnen besiedelt und Täler, die wenig oder gar nicht bewohnt waren.

An hergebrachten Freiheiten und Bräuchen festhaltend, sei es ihnen in einzelnen Gegenden sogar gelungen, ein eigenes Recht durchzusetzen. Das „Walserrecht".

Die Sippe, aus der Robert Otto stammen würde, sei im frühen siebzehnten Jahrhundert aus Graubünden ins appenzellische Vorland gekommen, und aus ihrem Stammestypus hätten sich die rötlichblonden Haare, die blauen Augen, das kräftige Herz und die schlanke Gestalt auf ihn vererbt.

Der Urgroßvater väterlicherseits sei Arzt gewesen. Der Großvater Pfarrer.

Aus einer kleinen Appenzellergemeinde heraus habe der Großvater sich in den basellandschaftlichen Hauptort Liestal wählen lassen, um später in verschiedenen Orten des Baselbiets eine Buchdruckerei zu betreiben.
Er sei journalistisch und politisch tätig gewesen und habe auf der Seite der freiheitlichen Bewegung für die Errichtung eines demokratischen Bundesstaates gekämpft, für die moderne Schweiz.
Der Vater, das neunte der dreizehn Kinder des Pfarrers, habe nach Lehrjahren in Paris in der zweisprachigen, der deutschschweizerischen wie der französischen Kultur zugewandten Stadt Biel ein Buchbinderatelier eröffnet, dem er später ein Papeterie- und Spielwarengeschäft angegliedert habe.
Ganz geklärt sei die „Walserfrage", die Geschichte der aus dem Oberwallis stammenden Menschen, die „Walser" genannt wurden, nicht.
Ein Berner Landmädchen aus dem Emmental, das nach Biel gekommen sei, um einer älteren Schwester, die einen Bieler Eisenwarenhändler geheiratet hatte, im Haushalt und im Geschäft zu helfen, sei Robert Walsers Mutter geworden.
Sie habe sechs Knaben geboren und zwei Mädchen.

Aber sonst, sagte die Wirtin, behaupte er doch, es gebe nichts Gutes zu essen. Drüben. In Pfründisberg.

Ja selten. Aber wenn es einmal etwas Gutes gebe, esse er ein bißchen viel.

Dann tue ihm das weh.

Also so einen schlechten Magen habe er nicht, meinte die Wirtin. Wenn er Schinken esse, den er in der Grube gefunden habe, und es ihm nichts mache.

Die ganze Zeit habe er abgenagt. Sie habe gedacht, das töte ihn.

Ihrereins würden nicht daran denken, so etwas überhaupt anzufassen. Aber er habe es gegessen.

Die Hälfte sei ihm noch gestohlen worden.

Das sei noch das Verfluchteste gewesen!

Das habe ein Hund genommen, sagte der Wirt, während er den zu Ende gerauchten Stumpen ausdrückte.

Kannst denken.

In einem Plastiksack.

Und zusammengebunden.

Zwei Tage später sage einer: Du, Hans, ist der Schinken gut gewesen?

Sage er: Hast du mir diesen Schinken gefressen?

Nein.

Sage er: Doch. Wenn du das weißt und sagst, dann hast du mir den Schinken gestohlen und gefressen.

Sage der: Du, der ist gut gewesen.

Sage er: Das glaub der Teufel.

So dick Speck daran gewesen. Zentimeter. Sieben Kilo schwer.

Er könne nicht verstehen, wie jemand einen Schinken in die Grube werfe. Wenn er noch gut sei.

Das werde bei einem Rauchkamin gewesen sein.

Die hätten sauber machen müssen.

Und nicht geschaut, was im Korb gewesen sei.

Einfach weggeworfen.

In die Grube.

So müsse man das machen.

Hauptsache, der Schinken sei gut gewesen.

Wenn er jetzt in den Bachwilgraben gehe, würden sie sagen: Da kommt der Wurstfresser!

Er sei dort einmal nach hinten gegangen.

Da sei ein ganzer Haufen Würste dort gewesen.

Er wisse nicht, wo die hergekommen seien.

Ob von Oberberg oder von Kleedorf oder von wo.

Habe vier Paar genommen.

Seien nicht zerschnitten gewesen.

Die Schnüre noch dran.

Heimgenommen und gegessen.

Er lebe jedenfalls heute noch.

Nur seien Schulkinder dort gewesen, die zugeschaut hätten.

Jetzt, wenn er im Graben sei: Schau. Der Wurstfresser kommt!

Er habe lange Finger, sagte der Wirt. Er sei kein Lützelflüher. Er sei ein Thurgauer.

Was dort gewesen sei, sei dort gewesen.
Ja, die Thurgauer würden manchmal lange Finger haben. Seien dafür bekannt.
Aber er solle seine Finger jetzt anschauen.
Die seien schon kürzer geworden.
Seit er in Langnau Eisen gefaßt habe, antwortete der Wirt. Das habe ihm wohl gereicht. Fünfunddreißig Tage in der Kiste. Im Zuchthaus.

Bevor Loser und ich das Wirtshaus wieder verließen, betraten weitere Besucher die Gaststube.
Unter ihnen der Sägereibesitzer Hadorn, der einen grauen Wollstoffkittel trug, Loser einen Kaffee bezahlte, ihm zehn Franken gab und ihn ermunterte, für ihn im Wald oben weitere Tannen zu entrinden.
Er wolle dann morgen schauen kommen, wie er gearbeitet habe.

Auf der Rückfahrt zum Alters- und Pflegeheim sagte ich Loser, daß ich ihn in einem Monat noch einmal besuchen werde.
Ich würde am Vormittag anrufen, sagte ich, damit ihm ausgerichtet werde, daß er zu Hause bleibe. Sonst würde man bei ihm ja nicht wissen, ob er da sei oder nicht.

Ob er in einem Monat noch lebe oder nicht, könne er nicht wissen, erwiderte Loser. Aber ich könne ja anrufen.

Der Schori würde ihm auch etwas davon gesagt haben können, daß ich schon einmal dagewesen sei und ihn nicht angetroffen habe.

Aber das sei eben auch einer von denen, die das Maul bei ihm nicht aufmachen dürften.

Das sei eben der Gipfel, daß man meine, man wolle einem das Maul nicht gönnen.

Zuletzt sei der auch gleich. Vom gleichen Fleisch wie er. Während er sich mit der einen Hand gegen das Autodach abstützte und mit der anderen die Tür offenhielt, verabschiedete ich mich von Loser.

OBWOHL ICH IMMER NOCH oft an Loser hatte denken müssen, war es gut zwei Jahre gegangen, bis ich mich wieder nach ihm erkundigt hatte.

Das Alters- und Pflegeheim hatte ich nicht mehr besucht, obwohl ich immer noch oft an ihm vorbeigefahren war und dabei jedes Mal Loser vor mir gesehen hatte.

Vielleicht hatte ich aber auch wieder öfter die Kantonsstraße benutzt oder zuerst, bis zur ersten Ausfahrt, sogar die Autobahn. Ich hätte das nicht mit Sicherheit sagen können.

In der letzten Zeit war vor der Fassade des ehemaligen Klosters jedenfalls regelmäßig ein vierzig- bis fünfzigjähriger, großgewachsener, magerer Mann, ein Brillenträger mit einer dunklen Hornbrille, gestanden, der immer einen alten, nicht mehr in Gebrauch stehenden Offiziershut des Militärs oder der Kantonspolizei trug und in der rechten Hand die Kelle eines Bahnhofvorstandes hielt.

Der Befehlsstab mit der roten, weiß umrandeten Signalscheibe hätte allerdings auch aus einer Spielwarenhandlung stammen können.

Quer über Brust und Rücken und um den Bauch herum trug der Mann, je nach Wetter über einem Straßenanzug oder über einem Trenchcoat-Regenmantel, stets ein orangefarbenes Verkehrsschutzleuchtband, wie es Straßenarbeiter, Straßenwischer und Schülerlotsen tragen.

Der Mann schien sich aus den vorbeifahrenden Autos, Motorrädern und Velos jedoch ebensowenig etwas zu machen wie aus dem Wetter.

Stockgerade aufgerichtet, schaute er immer in die gleiche Richtung geradeaus vor sich hin.

Manchmal bewegte er sich einige Schritte auf die eine Seite, manchmal auf die andere Seite.

Aus den übrigen Anstaltsinsassen, denn daran, daß auch er ein Anstaltsinsasse war, konnte kein Zweifel bestehen, schien er sich ebenfalls nichts zu machen.

Stets hielt er sich abgesondert in einem gebührenden Abstand von den anderen, wenn er nicht, wegen des Wetters zum Beispiel, ohnehin allein dastand.

Und vielleicht hatte ich Loser, den ich ein einziges Mal, gerade ausgiebig gähnend auf einem Bänklein sitzend, zu sehen geglaubt hatte, gerade deswegen nicht mehr besucht.

Wegen eben diesem einen in die Augen fallenden Mann, der jedes Mal dastand. Weil die Versuchung groß gewesen wäre, auch etwas über diesen Anstaltsinsassen in Erfahrung bringen zu wollen.

Als ich an einem Januartag im Wirtshaus in Mühledorf dann zum ersten Mal wieder nach Loser fragte, erfuhr ich von Frau Gerber, daß er am vergangenen Weihnachtstag, nachdem er sich nach dem Weihnachtsessen wieder einmal mit unbekanntem Ziel vom Alters- und Pflegeheim entfernt habe, nicht mehr lebend dorthin zurückgekehrt sei.

Ein Berner Sennenhund, den eine Frau mitführte, die eine Bauernfamilie besuchen wollte, habe sich wild bellend losgerissen und in eine Mulde gestürzt, worauf zwei Knaben auf Skiern dorthin gefahren seien.

Der Doktor und ein Untersuchungsrichter hätten sich die Sache angesehen und einen Herzschlag festgestellt.

Der Tote sei lang ausgestreckt auf dem Rücken gelegen, die rechte Hand auf der Brust, den linken Arm gestreckt und die linke Hand etwas verkrallt.

Der Kopf, auf dem er die Pelzmütze getragen habe, sei leicht zur Seite geneigt gewesen und der Mund geöffnet, so als ob er die klare Winterluft habe einatmen wollen.

In einem Sarg habe man den Leichnam ins Alters- und Pflegeheim zurückgebracht.

[ZWEI ROBERT-WALSER-ESSAYS]

[SYMPATHIE FÜR EINEN VERSAGER]

> *Für sie gibt es nur ein Entweder – Oder:*
> *„Entweder schreibst wie Hesse oder*
> *du bist und bleibst ein Versager." So*
> *extremistisch beurteilen sie mich. Sie*
> *haben kein Vertrauen in meine Arbeit.*
>
> Robert Walser in: Carl Seelig,
> „Wanderungen mit Robert Walser"

DA SASSEN WIR ALSO in einer warmen Sommernacht wie Beckett-Figuren – zwar nicht *in*, aber *auf* Mist- oder Kehrichtkübeln, die groß genug gewesen wären, daß ein Mensch in ihnen Platz gehabt hätte.

Wir lehnten uns an die Hauswand, vor der die Kübel standen, tranken Bier aus den Flaschen, die wir kurz vor Wirtshausschluß noch gekauft hatten, sahen über den tiefliegenden, dunklen Schüsskanal hinweg zu den Mansarden des Hotels zum Blauen Kreuz hinauf und sprachen mit „Röbu".

„Wie geht's dir, Röbu? Bist du noch wach?" sagten wir.

„Wir wollen auch noch nicht schlafen gehen, Röbu. Jetzt, wo es in diesem nicht nur des Wetters wegen, sondern auch sonst in vieler Hinsicht meist kalten Land endlich wieder etwas wärmer geworden ist, wollen wir *leben*. Wir wollen die Nacht, die Zeit, die man normalerweise verschläft, durchleben, wir wollen wissen, was es neben dem *Normalen* sonst noch gibt und warum das sogenannte Normale eigentlich das Normale ist. Und zu wem anderen sollten wir jetzt, wo sich die ganze Stadt vom Kampfplatz des bewußten Lebens in den Schon- und Erholungsraum der Träume zurückzieht, denn gehen als zu dir, der du die Diktatur, zu der die Normalität für den einzelnen werden kann, am eigenen Leib erfahren und so gut durchschaut und der du dich mit Hilfe deiner Dichtung zu entziehen versucht hast, Röbu?

Komm, trink ein Bier mit uns, Röbu, oder spazier mit uns durch die nun ruhig und friedlich daliegende Welt, mit der du dich als Ganzer in deinen Büchern – allem Widerwärtigen in ihr zum Trotz – immer wieder versöhnt hast. Die Welt, die du in der Normalität ihres So-seins-wie-sie-ist geliebt hast – auch wenn es in der Wirklichkeit zwischendurch zu recht heftigen Ausbrüchen von dir gegen sie gekommen ist, wie zum Beispiel damals, als du an jenem Gesellschaftsabend eines Verlegers dessen Caruso-Platten auf dem Grammophontisch zerschlagen hast.

Zieh doch den gelblich karierten, ausgetragenen Anzug, das enzianblaue Hemd und die rotgestreifte Krawatte an und krempe die Hosenstöße hoch, wie du es mit sechsundsechzig Jahren in der Anstalt in Herisau tun wirst, Röbu –

das ziemlich verwegene Aussehen, das du so erhieltest, würde uns freuen!

Aber vielleicht stören wir dich ja auch beim Schreiben. Vielleicht schreibst du gerade eines deiner Mikrogramme – jene mit winzigen, unleserlich scheinenden Bleistiftzeilen gefüllten Blätter, die du dir aus Kalenderblättern, Werbedrucksachen mit leerer Rückseite, aus Honorarabrechnungen, Briefumschlägen, Packpapier und ähnlichem zurechtgeschnitten hast. Das wollen wir natürlich nicht, Röbu.

Schreib ruhig weiter und laß dich von uns nicht stören – in diesem Land Kunst machen zu wollen, ist ja schwierig genug geworden. Außer der geistigen Öde gibt es ja fast nichts mehr, gegen das man ankämpfen könnte – gerade du weißt ja wie nicht so schnell wieder einer, wie auch im Literaturbetrieb und in der Kultur insgesamt fast alles auf eine erschreckende Weise nivelliert wird. Mittelmäßiges bis Schlechtes wird mit einem unbegreiflichen Eifer hochgejubelt und gelobt, und wenn jemandem einmal etwas Außergewöhnliches gelingt, wird dieses in einer ebenso beharrlichen wie perfiden Weise niedergerissen, sei es, indem man es wohlwollend mit dem Mittelmäßigen auf eine Stufe stellt, sei es, indem man es einfach totschweigt.

Schreib weiter, Röbu, es wird ja hier, bei uns, schon bald genug wieder kälter werden, so daß du wieder deinen Militärkaput und die Art Finken anziehen mußt, die du aus Kleiderabfällen selbst fabriziert hast.

Oder war dir der Winter mit seinem leichten, lustigen Flockentanz wirklich nur ein Vergnügen, wie es in manchem deiner Texte zu lesen ist, Röbu – wir haben manchmal das Gefühl, du würdest, weil du weißt, daß dir letztlich nichts Besseres übrigbleibt und weil es für dich die einzige Möglichkeit zum Überleben ist, im wahrsten Sinne des Wortes gute Miene zum bösen Spiel machen."

So – als ob er noch *leben* und einsam und allein in seinem Mansardenzimmer im Blaukreuzhotel sitzen würde – sprachen wir damals in Biel, der Stadt, in der er geboren, aufgewachsen und in die er später, im Alter von fünfunddreißig Jahren, noch einmal für sieben Jahre zurückgekehrt war, mit dem Dichter Robert Otto Walser, der schon seit über zehn Jahren tot war.

Wir sprachen berndeutsch mit ihm, so, wie man es in Biel spricht und wie er es selber auch gesprochen hatte, und wir nannten ihn Röbu, wie man Robert auf Berndeutsch auch aussprechen kann – so, als ob wir ihn kennen würden, ihn, der einmal in einem seiner Prosastücke geschrieben hatte: „Niemand ist berechtigt, sich mir gegenüber so zu benehmen, als kennte er mich."

Verzeih, Robert, das meinten wir natürlich nicht so.

Wir wollten damit auf eine jugendlich ungeschickte Weise vielleicht, nur etwas wie eine tiefe Sympathie ausdrücken, die wir für dich empfanden – eine Zuneigung zu dir und ein Wohlgefallen an dir, Empfindungen, die wohl darauf beruhten, daß wir Ähnliches in dir sahen, wie wir es auch in uns selber zu haben glaubten.

Daneben gab es noch genug, über das wir uns wunderten und das wir in Frage stellten und in Frage gestellt lassen mußten: so zum Beispiel, als wir dir ein Bier anboten, unsere Flaschen hoben und dir zuprosteten, über den uns merkwürdig erscheinenden Umstand, daß *du* ausgerechnet in einem Hotel wohntest, welches den Namen und das Abzeichen eines christlichen Vereins zur Bekämpfung des Alkoholgenusses trägt – du, der du dich später, während deiner Zeit in der Heil- und Pflegeanstalt Herisau, die deine dreiundzwanzig letzten Jahre waren, auf den Wanderungen mit deinem Vormund – und wohl in einer Weise auch Freund – Carl Seelig besonders in dunklen bayrischen Bierhallen wohlgefühlt und einmal sogar zu ihm gesagt hast: „Merkwürdig, wie das Bier und die Dämmerung alle Lasten wegschwemmen können."

Und eine der Hauptfragen, die uns immer wieder beschäftigte, war die Frage, ob und wie weit sich hinter der Leichtigkeit, mit der du dich in deinen Texten gabst, hinter deiner Menschenfreundlichkeit, deiner Schönheitsliebe, hinter deiner Ironie und deinem gesunden Menschenverstand, der uns in seiner unaufdringlichen Art durchaus akzeptabel erschien, nicht eine Lebensangst, ja eine Verzweiflung verbarg, die in deinem Kulturüberdruß manchmal bereits durchzuschimmern schien – eine Angst, die dich schließlich in den Wahnsinn geführt haben mag, den Zustand, in dem du dich weigertest, mit der Gesellschaftswelt weiterhin in einen aktiven äußeren Dialog zu treten und dich ihr versagtest.

Das Bild von dir, das Walser-Bild, das ich damals in Biel hatte, und wohl auch das Walser-Bild, das ich jetzt habe, hat trotz all der Fakten, die ich damals wußte und die ich inzwischen erfahren habe, wahrscheinlich nur eine entfernte Ähnlichkeit mit dem Robert Walser, wie er von 1878 bis 1956 gelebt hatte. Schlecht und recht gelebt, wie man sagen könnte – vielleicht schlecht, aber gewiß recht, wie ich meinen würde.

Wie ist mein damaliges Walser-Bild entstanden und wie mein jetziges?

Nachdem ich mit meinen Eltern im Alter von elf Jahren aus dem Baselbiet nach Biel gezogen war, hatte mir, als ich eine der letzten Klassen des Gymnasiums besuchte, meine Großmutter, die immer noch im Baselbiet wohnte, eines Tages ein Taschenbuch mit dem Titel *Der Gehülfe* geschenkt und gesagt, sein Autor, Robert Walser, sei ein Bieler gewesen. Das war das erste, was ich von Robert Walser erfuhr.

Auf dem Klappentext des Buches stand dann noch, Walser sei in seiner Jugend in Deutschland und in der Schweiz als Angestellter tätig gewesen, habe dann in Berlin, Biel und Bern als freier Schriftsteller gelebt und sei in den letzten Jahren seines Lebens geistig umnachtet gewesen. Seit dem Tode von Gottfried Keller und Conrad Ferdinand

Meyer gelte er als eine der bedeutendsten Erscheinungen der schweizerischen Dichtung, und Franz Kafka habe eine Zeitlang täglich seine Werke gelesen.

Wohl in erster Linie, weil Walser ein Bieler gewesen war und weil ich mich selber – wenn ich in der fremden Umgebung, in die ich versetzt worden war, heimisch werden wollte – auch als ein Bieler fühlen mußte und auch bereits fühlte, las ich das Buch dann nach einiger Zeit einmal – wobei der Wunsch, meine Bildung zu verbessern und den Mangel auszugleichen, den ich diesbezüglich gegenüber fast allen Klassenkameraden empfand, ebenso mit eine Rolle gespielt haben mag wie die Neugier, einen Schriftsteller kennenzulernen, der meiner Großvater-Generation angehörte und so einer meiner vielen geistigen Großväter geworden war: einer jener Groß-Väter, die man *hat* – ob man sie will oder nicht.

Wenn ich mich recht erinnere, habe ich die Geschichte vom Aufenthalt des Angestellten Joseph Marti in der Villa des Ingenieurs und Erfinders Tobler zunächst nicht sehr spannend gefunden, jedenfalls nicht im üblichen Sinn, und das Lesen hat mich einige Kraft und Anstrengung gekostet.

Dann aber glaubte ich nach und nach irgendwie zu spüren, daß die Schilderung der schweizerischen Wirklichkeit in dem Buch mit der Wirklichkeit übereinstimmte, die mich selber umgab – oder doch mit einer unmittelbaren Vorstufe von dieser – und das war dann auch der *eine* Grund, der mich zwang, das Buch zu Ende zu lesen.

Der andere und vielleicht noch wichtigere Grund war eine immer größer werdende Zuneigung, die ich besonders zum Helden oder besser zu der Hauptfigur der Geschichte faßte, obwohl mir auch die anderen Personen, die in ihr vorkamen, nicht unangenehm waren: Ich wurde immer mehr vom Wesen dieses Joseph Marti eingenommen, von seiner Art, die Dinge zu sehen und sich zu verhalten – wobei sein Verhalten eigentlich meist in einer äußerst feinfühligen Zurückhaltung bestand. Dieser Marti schien mir ein äußerst liebenswürdiger und rücksichtsvoller Mensch zu sein, der in Harmonie mit seiner Umwelt zu leben und gleichzeitig er selbst zu bleiben versuchte – was wohl schon an sich nichts Leichtes sein dürfte, was durch die Entstehung der Industriegesellschaft und den ständig wachsenden Leistungsdruck in ihr jedoch sicher noch unvergleichlich schwieriger gemacht wurde und immer noch wird.

Martis selbstverständlich erscheinende Zuversicht, sein Vertrauen ins Leben, in die Natur und den Lebens- und Weltenlauf, bereitete mir Freude – so wie das ganze Buch, trotz des wenig erfreulichen Endes, das es in ihm mit dem Konkurs Toblers für dessen Familie und seinen Angestellten gab, für mich etwas wie eine große Ruhe ausströmte.

Josph Marti, der *Gehülfe*, wurde auf diese Weise aber auch zu meinem Ur-Bild vom Autor dieses Buches, von Robert Walser, den ich mir in seinem Denken, Fühlen und Handeln so wie seine Romanfigur vorstellte: zum Bild eines Menschen und eines Menschenlebens, bei dem ich mich, wenn ich es mir vorstellte, plötzlich leichter, auf eine merkwürdige Art getrösteter, zuversichtlicher und mutiger fühlte – wenn irgendwo auch immer noch etwas wie ein leiser Schmerz mitschwingen mochte.

Die Hauptfiguren der übrigen Sachen, die ich später von Robert Walser las – die *Geschwister Tanner*, den *Jakob von Gunten* und die einzelnen kürzeren Prosastücke –, haben an diesem Bild dann im Grunde nicht mehr viel geändert.

Die Biographie von Robert Mächler und Carl Seeligs Aufzeichnungen über seine Wanderungen mit Walser haben hingegen plötzlich auch ganz offen Einblicke in Abgründe und in eine Tragik gegeben, die das Werk kaum oder nur in Ahnungen zugelassen hatte. Dann etwa, wenn die Zuversicht und die Art Grundvertrauen ins Leben, die es ausströmte, geradezu irritierend stark geworden war. Wenn eine Tragik und ein Angefochtensein von Sinnlosigkeitsgefühlen aufgetaucht war, die es in diesem Leben eben *auch* gegeben hatte, und eigentlich in einer sehr ausgeprägten Weise.

Nein, Robert Walser – Röbu –, ich kenne dich nicht, obwohl es mich dünkt, ich fühle oft in einer ähnlicher Weise, wie du es getan hattest – wenn auch vermutlich nur in einer *entfernt ähnlichen* Weise.

Aber vielleicht stimmt auch das nicht. Ich weiß ja zum Beispiel nicht, was deine Stimme für einen Klang hatte, wie du dich bewegtest, ich weiß auch nicht, wie das ist, wenn jemand eine Banklehre absolviert, oder wie das damals war, als du eine Banklehre absolviertest, ich weiß eigentlich überhaupt nicht, wie es damals war, als du lebtest.

Im Fernsehen habe ich kürzlich eine Verfilmung deines *Gehülfen* gesehen – ein Wort übrigens, bei dem mir einmal die Goethe-Forderung „Edel sei der Mensch, hilfreich und gut" eingefallen ist –, und diese Verfilmung zeigte mir dein Buch ganz anders, als ich es in Erinnerung habe, so daß ich richtiggehend erschrocken bin, da ich das Gefühl hatte, jemand, der nur diesen Film kennt, liest danach nie ein Buch von dir oder er liest es mit falschen Voraussetzungen.

Aus den Menschen, die bei dir aus Fleisch und Blut waren, Freude und Leid empfanden, kurz: *lebten*, sind dort, in dem Film, eindimensionale Typen-Vertreter, *Skelette* gemacht worden, um auf diese Weise mit dem Film eine politische oder soziologische Theorie bestätigen zu können. Abgesehen von dem zwar paradox klingenden, aber, wie ich glaube, doch grundsätzlichen Unterschied, daß es in einem Buch mehr zu *sehen* gibt als in einem Film – jeder Leser sieht ein Buch, wenn auch vielleicht nicht im Großen, so doch in den Einzelheiten, vermutlich anders –, scheint es mir, daß dieser Film deinem Buch auch dann noch viel zu wenig gerecht geworden ist.

So, auf diese Weise, lasse ich mir meine Bücher oder meine Vorstellungen von Büchern nicht kaputt machen – und auch auf eine andere Weise dürfte das nur schwer gelingen –, sowenig wie ich mir meine Vorstellungen von den Autoren dieser Bücher verändern oder zerstören lasse, auch wenn diese zum Teil Vorurteile sein sollten.

Und zu diesen Vorstellungen gehört zum Beispiel auch, daß du, Robert Walser, daß der *Röbu Walser* für mich auch heute noch in jenem Mansardenzimmer des Blauen Kreuz wohnt und lebt, durch dessen Fenster wir damals in Biel diese Gespräche mit ihm geführt haben. Jener Lehrer, der die Erstausgaben all deiner Bücher sammelte und dafür regelmäßig nach Bern fuhr, und die andern, die dabei gewesen sind: der Maler, der Musiker, der Mechaniker und der Student, der Schriftsteller werden wollte.

Auf einer deiner Wanderungen mit Carl Seelig hast du einmal gesagt: „Wie manchen legt der Nichterfolg vorzeitig ins Grab!" – und ich erlaube mir, dem hinzuzufügen: Oder bringt ihn ins Irrenhaus.

In der bürgerlichen, alles industrialisierenden und vermarktenden Gesellschaft, in der wir heute leben, in einer Gesellschaft, welche Leistungen noch und noch verlangt und in welcher der Erfolg das höchste der zu erstrebenden Güter ist, kann ein feinfühliger, liebenswürdiger Mensch, der sich gegen die Infamitäten eines solchen Gesellschaftslebens nicht aktiv wehren will oder kann, der auf seine eigene stille Weise aber trotzdem seine Würde als Mensch behalten will *und* kann – und sei das auch im Irrenhaus –: in einer solchen Gesellschaft kann ein solcher Mensch nur als ein *Versager* gelten, als einer, der nicht mehr funktioniert, das Erwartete nicht leistet.

Und in einer anderen Bedeutung des Wortes *stimmt* das – diesmal vom „Versager" her gesehen – ja auch: ein solcher Mensch erfüllt etwas Erwartetes, Gewünschtes nicht, denn er *will* es ja gar nicht erfüllen, er schlägt es ab, verweigert es, *versagt* es, und ist damit auch bereit, sich selber etwas zu versagen, sich etwas nicht zu gönnen, auf etwas zu verzichten, weil er dieses Etwas gar nicht will.

Wer dem Erfolg im Sinne der Wertordnung unserer heutigen Gesellschaft nicht absagt und also selber bereit ist, als ein „Versager" angesehen zu werden, scheint mir deshalb nicht berechtigt zu sein, für einen Dichter, wie Robert Walser einer ist, mehr zu empfinden als Sympathie für einen Versager.

[EIN GROSSER SPAZIERGÄNGER]

WIE KANN MAN SICH – über das LESEN und WIEDER-LESEN seiner Werke hinaus – einem *toten* Autor oder Schriftsteller oder Dichter noch weiter annähern?

Die *allgemeinen* Möglichkeiten scheinen zuzunehmen, einst vielleicht nicht einmal in Träumen Vorausgesehenes wird Wirklichkeit, dem alten Dichtermuseum (das so alt zwar auch wiederum nicht ist) öffnen sich neue, ungeahnte und ungeheure Dimensionen und Räume.

Zu den Briefen, die er geschrieben, den Möbeln, die er gebraucht, den Kleidern, die er getragen, den Büchern, die er gelesen, den Bildern, die andere von ihm oder die er (wenn) selber gemalt hat – zu diesen und all den andern Gegenständen, welche alte, verstaubte Räume in Geburts-, Sterbe- oder langjährigen Wohnhäusern von Dichtern anfüllen, kommen die Produkte der *Illusionsmaschinen*. Von Apparaten, die einerseits, indem sie vereinzelte kleine Ausschnitte der Welt im Bild festhalten, den Lauf der Zeit und des Lebens aufhalten wollen, und andererseits die Flüchtigkeit von Zeit und Leben nachzuahmen versuchen, indem sie bewegte Bilder und ertönte Laute wiederholbar machen.

Ein unvorstellbares Anwachsen der Archive der Menschheit scheint in Gang gesetzt worden zu sein, ein Anschwellen von Dokumentationsmaterial über gelebtes Leben, das für das weiterlebende Leben möglicherweise sogar bedrohliche Ausmaße annehmen könnte.

Und während wir uns den toten Gegenständen gegenüber, die ein Mensch hinterlassen hat, fragen können, ob etwas von dem Menschen, der mit ihnen lebte, auf sie übergegangen ist – ob sie vielleicht *nicht* tot sind –, müssen wir uns bei oder nach dem Betrachten von starren oder bewegten Bildern, die den lebenden Menschen zeigen, und bei oder nach dem Hören der Stimme des lebenden Menschen – WENN jemand solche Aufzeichnungen gemacht hat – bewußt bleiben oder wieder bewußt machen, daß es Bilder und die Stimme eines *toten* Menschen sind – daß der Mensch, von dessen lebendem Körper wir Bilder gesehen und dessen Stimme wir gehört haben, tot ist. Daß die Auferstehungsmechanismen – WENN es sie gibt – immer noch außerhalb der menschlichen Reichweite liegen, daß der lebendige Mensch, wie er gelebt hat, immer noch nicht *reproduzierbar* geworden ist.

Was tun wir aber bei einem Menschen wie *Robert Walser*, der zu den Besitzlosen dieser Welt gehört, der zum

Beispiel in der Mansarde – die er im Hotel zum Blauen Kreuz oder zur Blauen Kreuzotter (wie er es auch nannte) in Biel während sieben Jahren bewohnte – statt Möbeln nur Kisten hatte und von dem deshalb als Relique vielleicht höchstens ein Spazierstock vorhanden geblieben ist – ein Stock, von dem vermutlich zudem noch ungewiß sein dürfte, ob er ihn überhaupt je gebraucht hat?

Eine weitere und sich bei einem so großen Spaziergänger vor dem Herrn wie Walser geradezu aufdrängende Möglichkeit wäre das Aufsuchen der Orte, an denen er gelebt hat, und das Nachvollziehen seiner Reisen und vor allem der ausgedehnten, manchmal tagelangen Wanderungen – wobei wir uns dann zu fragen hätten, ob diese Orte etwas von ihrer damaligen Atmosphäre behalten haben und ob etwas von dieser, das auf Walser übergegangen ist, auch auf uns übergeht.

Ich bin aus diesem Grund einmal auf dem schönen Fußweg der Aare entlang von Bern nach Thun gewandert, eine Strecke von ungefähr dreißig Kilometern, für die ich gut sechs Stunden brauchte. Am Schluß konnte ich wegen der Blasen kaum mehr stehen, geschweige denn gehen, aber ich hatte das Gefühl, so über Walser mehr erfahren zu haben als beispielsweise aus einem Gespräch der prominentesten Literaturkritiker der Welt über ihn.

Nur muß ich hier hinzufügen, daß mir ein Zürcher – der sich unter anderem auch als Kritiker mit Literatur beschäftigt – in Basel bei einem Elsässer Riesling kürzlich etwas sehr Interessantes zu oder über Walser gesagt hat: daß dieser für ihn nämlich die Wirklichkeit immer aus einer Märchenperspektive heraus beschrieben und diese nie verlassen habe.

Wegen der, nach Meinung dieses Zürchers, so entstandenen Brüche oder Gebrochenheit von Walsers Texten habe ich dann, was ihren Autor betrifft, an einen Seiltänzer denken müssen, der sich auf dem hohen Seil so bewegt, wie wenn er auf dem festen Erdboden durch die weite Welt spazieren würde, und der, wenn ihm bewußt wird, wo er ist, diese Haltung nicht aufgeben kann, weil er weiß, daß er sonst abstürzen würde.

Und ich habe mich dann auch noch gefragt, was denn sein würde, wenn dieser Seiltänzer oder Spaziergänger einmal auf der anderen Seite ankommen würde – ob er sich danach je wieder auf das Seil wagen oder ob er an dem schwer erreichbaren Ort auf der anderen Seite bleiben würde. Einen Märchenerzähler, der eine Geschichte, die keine ist, als Märchen erzählt, schien es mir nur im Märchen und als Märchenfigur geben zu können.

Die einfachste und zugleich *besonderste* Möglichkeit, sich Robert Walser zu nähern, wird deshalb wohl sein, wenn wir uns ins Berlin des Jahres 1908 begeben und dort zusammen mit ihm und dem Kunsthändler und Verleger Paul Cassirer bei Einbruch der Dämmerung einen Freiballon besteigen, um mit diesem durch die Nacht hindurch nach Kants Königsberg zu fliegen.

Wir nehmen ein paar gute Flaschen Weiß- und Rotwein und einige der Leckerbissen mit, die Röbu, obwohl er sie erst fünf Jahre später kennenlernen wird, von seiner Freundin Frieda Mermet aus dem Schweizer Jura zugeschickt bekommen hat, und lassen es uns, während wir sanft durch die sammetartige Dunkelheit der Nachtluft getragen werden, gutgehen.

Wir werfen allen Ballast ab und lassen uns immer höher hinauf tragen.

Was für eine wunderbare Gelegenheit wird dies denn auch sein, um mit dem Verleger, während wir dem Erdboden immer mehr entschwinden und die Lichter der Dörfer und Städte immer kleiner werden sehen, etwa Vertragsverhandlungen zu führen.

Später setzen wir uns dann auf den Boden des Korbs aus Weidenholz oder spanischem Rohr und schreiben unseren Freunden im Lichte einer Karbidlampe Nachrichten von unserem Flug, die wir ihnen von den mitgenommenen weißen Brieftauben überbringen lassen. Ich schreibe Postkarten an Denise, Lilly, Vroni, Sönu, Bärnu, Hofi und last, but not least an Maria in Busswil bei Büren, und Röbu schreibt einen langen Brief an Frieda.

„In der Luft zwischen Berlin und Königsberg, das Datum fällt mir leider nicht in den Kopf. Liebe Mama, mit anderen Worten Liebe Frau oder Madame oder gewaltige Frau Mermet, Oberbefehlshaberin der Lingerie zu Bellelay", schreibt Röbu.

„Ich komme durch die zahlreichen lieben Päckli-Sendungen mehr und mehr in Ihre Gewalt oder unter Ihre lieben Pantöffelchen. Glauben Sie nicht auch? Würde es Ihnen Vergnügen machen, liebe Frau Mermet, mich mit Haut und Haar zu besitzen, ungefähr wie ein Herr einen Hund besitzt? All die guten Sachen, wie Speck, Schinken- und Bifsteckbitze, Züpfe, Emmenthalerkäse, Thee, Zucker, Ankenschnitten (nämlich stark mit Butterschicht zurechtgestrichene Butterbrote) – all diese Sachen haben an mir und meinen Begleitern (dem Herrn Cassirer, dem Ypsilon und dem Ballonführer) dankbare und verständnisvolle Esser und Genießer gefunden. Die beiden Eier sind sehr gut gewesen. Das Beste ist aber immer Käse und Anken. Fleisch schicken Sie mir in Zukunft besser keines mehr, liebes Fraueli, denn ich mag kaltes Fleisch nicht. Ich habe von allen Fleischsorten am liebsten ungekochtes Frauenfleisch, aber das ist allerdings nicht zum essen, sondern nur so so. Und so weiter. Seit ich Ihnen letzthin schrieb, war ich auf dem Spitzberg und habe einen Blumenstrauß gepflückt worüber ich der Neuen Zürcher Zeitung Bericht abgelegt habe. Wissen Sie, was ich an Ihnen so lieb habe? Ihren Mund! Er ist so schön groß, und auf den Lippen würde ein kleiner warmer Freundeskuß eben recht Platz haben. Ich habe Sie um etwas ersuchen wollen, aber ich habe die Bitte in meines Wesens Abgründigkeit herabgedrückt. Sie und ich werden nichts anders wollen, als uns in den Lauf der Zeit und in die Veränderungen hineinfinden, die das Leben mit sich bringt, das etwas Fließendes ist und nie stillsteht. Geleistet habe ich dieses Jahr nicht übermäßig viel, ich ließ einigen Genies Zeit, sich in voller Üppigkeit zu entfalten, aber ich bin trotzdem noch der neuntgrößte eidgenössische Dichter. Die Frauen respektieren mich, ich bin ja auch in der Regel so galant wie kein Zweiter, nur der Weißwein macht mich frech, und daher bitte ich Sie höflichst, mich mit solchem zu verproviantieren."

Zum Schluß schreibt Röbu: „Adieu liebe gute Frau Mermet, ich küsse Ihnen wie ein galizischer Landmann den Saum Ihres entzückenden Unterhöschens, bitte sie, mich Sie herzlich grüßen zu lassen und bleibe Ihnen nicht allzu treu, weil das für Sie langweilig wäre, aber immer noch ein bißchen zugetan, Ihr sehr gehorsamer und riesig netter Luftschiffer Robert Walser, beziehungsweise Ihr gediegenes Walserchen."

Als wir in der Morgendämmerung den wegfliegenden weißen Brieftauben nachsehen, die, bevor sie in der Ferne verschwinden, noch einmal rosa aufleuchten, sage ich zu Röbu: „Je mehr ich an Informationen über den Dichter Robert Walser in meine Erfahrung bringe, desto weniger scheine ich zu wissen, wer er gewesen ist. Aber der Kampf gegen Tod und Vergänglichkeit muß trotz seiner Aussichtslosigkeit weitergehen – oder was meinst du, Röbu?"

[ZEITTAFEL ZU ROBERT WALSER]

1878 Robert Otto Walser wird am 15. April in Biel, Kanton Bern, Schweiz, geboren
1884–92 Besuch der dortigen Volksschule und des Progymnasiums
1892–95 Lehre bei der Bernischen Kantonalbank in Biel
1894 Tod der Mutter am 22. Oktober
1895 April bis August in Basel. Anschließend für ein Jahr in Stuttgart, wo damals sein Bruder Karl lebte. Vergebliche Versuche, Schauspieler zu werden
1896 Rückkehr in die Schweiz. Anmeldung am 30. September in Zürich, wo er, abgesehen von kürzeren anderweitigen Aufenthalten, in den folgenden zehn Jahren lebt. Häufiger Stellen- und Adressenwechsel
1897 Ende November Reise nach Berlin
1898 Erste Veröffentlichung (eine Auswahl von Gedichten) im „Sonntagsblatt des Bund" in Bern am 8. Mai
1899 Frühjahr in Thun. Mai bis Mitte Oktober vermutlich erster, nicht belegter Aufenthalt in München
1900 Oktober 1899 bis April 1900 in Solothurn

1901	September in München. Wanderung nach Würzburg
1902	Januar in Berlin. Februar bis April bei seiner Schwester Lisa in Täuffelen am Bielersee. Anschließend wieder in Zürich
1903	März in Winterthur. 15. Mai bis 30. Juni Rekrutenschule in Bern. Ende Juli bis Dezember „Gehülfe" des Ingenieurs Dubler in Wädenswil am Zürichsee
1904	Ab Januar wieder in Zürich. Angestellter der Zürcher Kantonalbank. November erster Militär-Wiederholungs-Kurs in Bern. Ende November erscheint im Insel-Verlag Leipzig sein erstes Buch, „Fritz Kocher's Aufsätze"
1905	Im März Übersiedlung nach Berlin. Wohnt bei seinem Bruder Karl, der Maler und Bühnenbildner ist. Im Juni kurzer Aufenthalt in Zürich. Im Spätsommer Rückkehr nach Berlin. Besuch einer Dienerschule. Oktober bis Ende 1905 Diener auf Schloß Dambrau in Oberschlesien
1906	Anfang Januar Rückkehr nach Berlin. Niederschrift des Romans „Geschwister Tanner" (erscheint im Frühjahr 1907 bei Bruno Cassirer). Sommer/Herbst Niederschrift eines zweiten, nicht erhaltenen Romans
1907	Weitere Romanpläne, von deren Ausführung nichts überliefert ist. Im Juni/Juli Abschluß des Manuskripts „Der Gehülfe" (erscheint im Frühjahr 1908 bei Bruno Cassirer). Bezug einer eigenen Wohnung oder eines Zimmers
1908	Entstehung des Romans „Jakob von Gunten" (erscheint im Frühjahr 1909 bei Bruno Cassirer). Im Juni/Juli Ballonfahrt von Berlin nach Königsberg mit dem Kunsthändler und Verleger Paul Cassirer

1909	Bibliophile Ausgabe der „Gedichte" mit Radierungen von Karl Walser bei Bruno Cassirer. Aus der Zeit von 1909 bis November 1912 fehlen Hinweise auf seine damaligen Lebensumstände. Bekannt ist nur, daß er nach der Heirat seines Bruders Karl 1910 wieder bei ihm wohnt
1912	Ab November eigene Wohnung oder Zimmer in Charlottenburg, Spandauerberg 1. Vorbereitung der Prosabände „Aufsätze" (erscheint im Frühjahr 1913 bei Kurt Wolff in Leipzig) und „Geschichten" (erscheint 1914 ebenfalls bei Kurt Wolff)
1913	Im März Rückkehr in die Schweiz. Wohnt zunächst bei seiner Schwester Lisa in Bellelay, dann kurz beim Vater im Hause Akeret in Biel. Bezieht im Juli eine Mansarde im Hotel Blaues Kreuz in Biel, wo er während der nächsten sieben Jahre bleibt. Beginn der Freundschaft mit Frieda Mermet
1914	Tod des Vaters am 9. Februar. Im Frühjahr Vorbereitung des Prosabandes „Kleine Dichtungen", für den Walser einen Preis des „Frauenbundes zur Ehrung rheinländischer Dichter" erhält. Die erste Auflage, „hergestellt für den Frauenbund ...", wird im Herbst 1914 gedruckt, die zweite erscheint 1915 bei Kurt Wolff. Kriegsausbruch. 5. August bis 4. September erster Militärdienst in Erlach. 21. September bis 13. Oktober zweiter Militärdienst in St. Maurice
1915	Anfang Januar kurze Reise nach Leipzig und Berlin. Am 25. Januar Gebrüder-Walser-Abend (Robert und Karl) des Lesezirkels Hottingen in Zürich. 6. April bis 13. Mai

dritter Militärdienst in Cudrefin. 6. Oktober bis 3. Dezember vierter Militärdienst in Wissen

1916 Im Sommer Anfragen der Verlage Huber und Rascher wegen eventueller Veröffentlichungen. Im September Abschluß des Manuskripts „Der Spaziergänger" (erscheint im April 1917 bei Huber & Co. in Frauenfeld). Im Oktober Zusammenstellung des Bandes „Prosastücke" (erscheint Ende November 1916 mit Druckvermerk „1917" bei Rascher in Zürich). Am 17. November Tod des Bruders Ernst in der Heilanstalt Waldau bei Bern

1917 Im Frühjahr Zusammenstellung der Sammlungen „Kleine Prosa" (erscheint im April bei A. Francke in Bern) und „Studien und Novellen" (in dieser Form nicht erschienen). Im Mai Abschluß des Manuskripts „Poetenleben" (erscheint im November 1917 mit Druckvermerk „1918" bei Huber & Co. in Frauenfeld). 16. Juli bis 8. September fünfter Militärdienst im Tessin

1918 Im Januar Abschluß des Manuskripts „Seeland" (erscheint mit Druckvermerk „1919" erst 1920 bei Rascher in Zürich). 18. Februar bis 16. März sechster Militärdienst in Courroux. Im Mai Abschluß des Manuskripts für den nicht erschienenen Prosaband „Kammermusik". Im Winter Arbeit an dem Roman „Tobold"

1919 Im März Fertigstellung des Manuskripts „Tobold". Eine zweite Auflage der „Gedichte" und der Band „Komödie" erscheinen bei Bruno Cassirer in Berlin. Tod des Bruders Hermann am 1. Mai. Im November/Dezember Zusammenstellung einer kleinen, nicht erschienenen Prosasammlung „Mäuschen" (vermutlich identisch mit der in der gleichen Zeit brieflich erwähnten, ebenfalls nicht erschienenen Sammlung „Liebe kleine Schwalbe")

1920 Leseabend im Kleinen Tonhallesaal in Zürich am 8. November

1921 Im Januar Übersiedlung nach Bern. Während einiger Monate zweiter Bibliothekar des Berner Staatsarchivs. Arbeit am Roman „Theodor", der im November abgeschlossen wird

1922 Vorlesung aus dem Roman „Theodor" im Lesezirkel Hottingen in Zürich am 8. März. Anschließend für acht Tage Gast beim Maler Ernst Morgenthaler in Wollishofen

1923 Im Juni Spitalaufenthalt wegen Ischias. Im Herbst Wanderung nach Genf

1924 Im Winter 1924/25 Arbeit an den „Felix"-Szenen

1925 Im Februar erscheint das letzte Buch, „Die Rose", bei E. Rowohlt in Berlin. Zusammenstellung eines nicht erschienenen Prosabandes und Arbeit am „Räuber"-Roman. Anfang September Ferienaufenthalt mit Frau Mermet in Murten. Im Oktober Beginn der Korrespondenz mit Therese Breitbach

1928 Fünfzigster Geburtstag am 15. April

1929 Eintritt in die Heilanstalt Waldau bei Bern am 25. Januar

1933 Im Juni Verbringung nach Herisau, in die dortige Heil- und Pflegeanstalt seines Heimatkantons Appenzell-Ausserrhoden, wo Walser bis zum Lebensende bleibt. Keine schriftstellerische Arbeit mehr. Neuauflage der „Geschwister Tanner" bei Rascher in Zürich

1936	Carl Seelig besucht den Dichter erstmals in Herisau. Beginn gemeinsamer Wanderungen und Gespräche. Neuausgabe „Der Gehülfe" im Verlag der Bücherfreunde in St. Gallen
1937	Die Auswahl „Große kleine Welt", herausgegeben von Carl Seelig, erscheint
1943	Tod des Bruders Karl am 28. September
1944	Tod der Schwester Lisa am 7. Januar. Carl Seelig übernimmt die Vormundschaft. Von ihm besorgte Auswahlbände und Neuausgaben sind: „Vom Glück des Unglücks und der Armut", „Stille Freuden", „Der Spaziergang", „Gedichte"
1947	Die Auswahl „Dichterbildnisse" erscheint und die erste Biographie: „Robert Walser der Poet" von Otto Zinniker
1950	Neuausgabe von „Jakob von Gunten"
1953	Beginn der von Carl Seelig herausgegebenen „Dichtungen in Prosa"
1956	Tod Robert Walsers am Weihnachtstag, am 25. Dezember, auf einem einsamen Spaziergang im Schnee durch Herzschlag. Der Leichnam wird lang ausgestreckt auf dem Rücken liegend gefunden, die rechte Hand auf der Brust, der linke Arm gestreckt und die linke Hand etwas verkrallt
1957	„Wanderungen mit Robert Walser" von Carl Seelig erscheint im Tschudy-Verlag in St. Gallen
1962	Tod des Schriftstellers, Journalisten und Mäzens Carl Seelig in Zürich am 15. Februar
1966	Die ersten beiden Bände des von Jochen Greven unter Mitarbeit von Martin Jürgens herausgegebenen dreizehn-

bändigen Gesamtwerks erscheinen im Verlag Helmut Kossodo Genf und Hamburg (letzter Band 1975). Im gleichen Verlag erscheint „Das Leben Robert Walsers. Eine dokumentarische Biographie" von Robert Mächler. Am 23. Dezember Gründung der Carl Seelig-Stiftung durch Dr. Elio Fröhlich, den Testamentvollstrecker von Carl Seelig, im Einverständnis mit dessen Erben

1973 Gründung des von der Carl Seelig-Stiftung getragenen Robert Walser-Archivs in Zürich

1977 Die Carl Seelig-Stiftung überträgt das ausschließliche Recht der Vervielfältigung und Verbreitung an den Werken Robert Walsers dem Suhrkamp Verlag in Frankfurt am Main

1978 Feier des 100. Geburtstags in Zürich. Verleihung des Robert Walser-Centenarpreises an Ludwig Hohl

1985 Unter dem Titel „Aus dem Bleistiftgebiet. Mikrogramme aus den Jahren 1924–1933. Entziffert und herausgegeben von Bernhard Echte und Werner Morlang" erscheinen bis zum Jahr 2000 in sechs Bänden rund zweitausend Seiten unbekannter Text aus einem Konvolut von 526 Blättern und Zetteln, die mit einer so winzigen Bleistiftschrift bedeckt sind, daß sie anfänglich für eine Geheimschrift gehalten wurde. Tatsächlich handelt es sich dabei um eine etwa zwei Millimeter hohe Miniaturvariante der deutschen Kurrentschrift

1996 Gründung der Robert Walser-Gesellschaft in Zürich

1998 Eine zwanzigbändige Taschenbuchausgabe sämtlicher Werke in Einzelausgaben herausgegeben von Jochen Greven erscheint im Suhrkamp Verlag

2004 Die Carl Seelig-Stiftung wird umbenannt in Robert Walser-Stiftung Zürich
2006 Fünfzigster Todestag Robert Walsers am 25. Dezember

E. Y. MEYER

Folio Verlag

Der Ritt
Ein Gotthelf-Roman
Gb. mit Schutzumschlag, 122. S., ISBN 3-85256-285-6

Der menschliche Ritt nach dem Sinn des Lebens – Der Roman über Zerrissenheit und Wende im Leben des legendären Schweizer Schriftstellers Jeremias Gotthelf.

Der Ritt von Bern nach Lützelflüh erwies sich im Leben des Albert Bitzius nachträglich als die entscheidende Zäsur.
Wie dieser Ritt verlief, was während der fünf Stunden in dem dreiunddreißigjährigen Mann vorging, wie er sein bisheriges Leben sah, welche Erinnerungen in ihm auftauchten, mit welchen Dämonen er zu kämpfen hatte, was er von der Zukunft erwartete, vollzieht E. Y. Meyer erzählerisch meisterhaft nach.
Nicht Jeremias Gotthelf, der berühmte, heute von Klischees überlagerte Schriftsteller, wird gezeigt, sondern der unbekannte junge Mann, der er zuvor war. Der wilde, leidenschaftliche Albert Bitzius, in dem die Voraussetzungen für das spätere Schöpfertum entstanden.

„Diese Prosa eilt im Staccato voran, zerfällt in lauter kurze und kürzeste Abschnitte, arrangiert sich bisweilen wie ein Poem. [...] Kunstvoll stellt Meyer die Mehrschichtigkeit seines Textes her." *Neue Zürcher Zeitung*

„Beim Lesen entsteht mehr und mehr ein Sog, ein Rhythmus, der vorbestimmt ist wie die Gedanken des Reiters durch den Gang des Pferdes."
Konrad Tobler, Berner Zeitung

„Meyer spürt im unruhigen Wesen, im Gefühlsaufruhr, in der Verdüsterung und im Glauben an die Kraft und Macht des Wortes, die den Mann auf dem Pferd erfüllen, bereits auch dem sprachgewaltigen Jeremias Gotthelf nach."
Der Bund

FOLIO VERLAG   Transfer

Sämtliche Bände 13,5 x 21 cm

Drago Jančar   Bd. XXXII
Die Erscheinung von Rovenska. Erzählungen
Gebunden mit Schutzumschlag, 194 S., ISBN 3-85256-160-4

Martin Kubaczek   Bd. XXXIII
Strömung. Erzählung
Gebunden mit Schutzumschlag, 175 S., ISBN 3-85256-162-0

Alexander Pjatigorskij   Bd. XXXIV
Erinnerung an einen fremden Mann. Roman
Gebunden mit Schutzumschlag, 271 S., ISBN 3-85256-188-4

Luis Stefan Stecher   Bd. XXXV
Korrnrliadr. Gedichte in Vintschger Mundart
Gebunden mit Schutzumschlag mit Audio-CD, 124 S., ISBN 3-85256-189-2

Andrej Blatnik   Bd. XXXVI
Das Gesetz der Leere. Erzählungen
Gebunden mit Schutzumschlag, 163 S., ISBN 3-85256-187-6

Drago Jančar   Bd. XXXVII
Brioni. Und andere Essays
Gebunden mit Schutzumschlag, 218 S., ISBN 3-85256-202-3

Theater m.b.H. (Hg.)   Bd. XXXVIII (Bd. I)
Schutzzone. Und andere neue Stücke aus Exjugoslawien   Bd. XXXIX (Bd. II)
Franz. Broschur, beide Bände zus. 758 S.,
ISBN 3-85256-204-X (Bd. I), 3-85256-205-8 (Bd. II)

Igor Štiks   Bd. XL
Ein Schloß in der Romagna. Roman
Gebunden mit Schutzumschlag, 143 S., ISBN 3-85256-203-1

Sabine Gruber/Renate Mumelter (Hg.)   Bd. XLI
Das Herz, das ich meine. Essays zu Anita Pichler
Franz. Broschur, 202 S., ISBN 3-85256-206-6

Martin Kubaczek   Bd. XLII
Amerika. Roman
Gebunden mit Schutzumschlag, 224 S., ISBN 3-85256-222-8

Arno Widmann   Bd. XLIII
Sprenger. Roman
Gebunden mit Schutzumschlag, 313 S., ISBN 3-85256-221-X

Freimut Duve/Achim Koch (Hg.)   Bd. XLIV
Balkan – die Jugend nach dem Krieg. Verteidigung unserer Zukunft
Franz. Broschur, 280 S., ISBN 3-85256-226-0

Anonimo Triestino   Bd. XLV
Das Geheimnis. Roman
Gebunden mit Schutzumschlag, 501 S., ISBN 3-85256-232-5

FOLIO VERLAG　　　　　　　　　　　　　　　Transfer

Sämtliche Bände 13,5 x 21 cm

Dmitrij Prigow　　　　　　　　　　　　　　　　　　Bd. XLVI
Lebt in Moskau! Roman
Gebunden mit Schutzumschlag, 347 S., ISBN 3-85256-234-1

Zoran Ferić　　　　　　　　　　　　　　　　　　　Bd. XLVII
Der Tod des Mädchens mit den Schwefelhölzchen. Roman
Gebunden mit Schutzumschlag, 204 S., ISBN 3-85256-233-3

Stanislav Vinaver　　　　　　　　　　　　　　　　Bd. XLIX
Wien. Ein Wintergarten an der Donau. Reportagen
Gebunden mit Schutzumschlag, 117 S., ISBN 3-85256-253-8

Vincenzo Consolo　　　　　　　　　　　　　　　　Bd. L
Bei Nacht, von Haus zu Haus. Roman
Gebunden mit Schutzumschlag, 169 S., ISBN 3-85256-250-3

Wolfgang Sebastian Baur　　　　　　　　　　　　Bd. LI
Puschtra Mund Art. Gedichte sowie Nachdichtungen ausgewählter
Texte von H. C. Artmann, Rochl Korn, Itzik Manger u. a. in
Pustertaler Mundart
Gebunden mit Schutzumschlag, 128 S., ISBN 3-85256-252-X

Drago Jančar　　　　　　　　　　　　　　　　　　Bd. LII
Der Galeot. Roman
Gebunden mit Schutzumschlag, 194 S., ISBN 3-85256-269-4

Michael Hamburger　　　　　　　　　　　　　　　Bd. LIII
Aus einem Tagebuch der Nicht-Ereignisse. Gedicht
Franz. Broschur. 142 S., ISBN 3-85256-270-8

Maria E. Brunner　　　　　　　　　　　　　　　　Bd. LIV
Berge Meere Menschen. Roman
Gebunden mit Schutzumschlag, 168 S., ISBN 3-85256-271-6

Anita Pichler　　　　　　　　　　　　　　　　　　Bd. LV
Haga Zussa. Die Zaunreiterin. Erzählung
Gebunden mit Schutzumschlag, 128 S., ISBN 3-85256-284-7

E. Y. Meyer　　　　　　　　　　　　　　　　　　　Bd. LVI
Der Ritt. Ein Gotthelf-Roman
Gebunden mit Schutzumschlag, 125 S., ISBN 3-85256-285-6

Johann Holzner/Elisabeth Walde (Hg.)　　　　　　Bd. LVII
Brüche und Brücken. Kulturtransfer im Alpenraum von
der Steinzeit bis zur Gegenwart. Aufsätze, Essays
Franz. Broschur, 362 S., ISBN 3-85256-287-2

FOLIO VERLAG   Transfer

Sämtliche Bände 13,5 x 21 cm

Bernhard Fetz/Klaralinda Ma/Wendelin Schmidt-Dengler (Hg.)   Bd. LVIII
Phantastik auf Abwegen. Fritz von Herzmanovsky-Orlando
im Kontext. Essays, Bilder, Hommagen
Franz. Broschur, 200 S., ISBN 3-85256-286-4

Andrej Blatnik   Bd. LIX
Der Tag, an dem Tito starb. Und andere Erzählungen
Gebunden mit Schutzumschlag, ca. 128 S., ISBN 3-85256-298-8

Bora Ćosić   Bd. LX
Irenas Zimmer. Gedichte
Franz. Broschur, 127 S., ISBN 3-85256-307-0

Peter Waterhouse   Bd. LXI
Die Nicht-Anschauung
Versuche über die Dichtung von Michael Hamburger. Essays
Franz. Broschur, 171 S., ISBN 3-85256-299-6

Claus Gatterer   Bd. LXII
Schöne Welt, böse Leut. Kindheit in Südtirol
Gebunden mit Schutzumschlag, 421 S., ISBN 3-85256-300-3

Drago Jančar   Bd. LXIII
Luzias Augen. Erzählungen
Gebunden mit Schutzumschlag, 160 S., ISBN 3-85256-312-7

Vincenzo Consolo   Bd. LXIV
Retablo. Roman
Gebunden mit Schutzumschlag, 158 S., ISBN 3-85256-314-3

Luis Stefan Stecher   Bd. LXV
Annähernd fern. Variationen über Nähe und Ferne.
Aphorismen und Zeichnungen
Gebunden mit Schutzumschlag, 120 S., ISBN 3-85256-313-5

Maria E. Brunner   Bd. LXVI
Was wissen die Katzen von Pantelleria. Prosa
Gebunden mit Schutzumschlag, ca. 160 S., ISBN 3-85256-330-5

Emilio Lussu   Bd. LXVII
Ein Jahr auf der Hochebene. Roman
Gebunden mit Schutzumschlag, ca. 268 S., ISBN 3-85256-331-3

Arnulf Knafl (Hg.)   Bd. LXVIII
Mozarts Zauberkutsche. Neue literarische Nachschriften
Gebunden mit Schutzumschlag, ca. 200 S., ISBN 3-85256-333-X